佐藤泰志をさがして

「幻の作家」はいかにして復活したか？

成田清文
narita kiyofumi

言視舎

プロローグ

２０１９年1月、弘前から列車を乗り継いで函館駅に到着した。新幹線を利用したとはいえ、２度の乗り換えを含む2時間40分ほどの行程は、それほど楽な旅ではない。しかも、吹雪の予報が出ている厳寒の季節だ。

ただ私は、隣町にでも行くようにいつも函館行きを計画する。何といっても、函館なのだ。函館に向かって歩き出した時から、「函館という物語」はもう始まっている。ある作家と出会ってから、ますます函館行きはそのような意味合いを持つものとなった。ある作家とは、佐藤泰志のことだ。

佐藤泰志は、１９４９年函館で生まれ、函館西高校在学中から有島青少年文学賞2年連続優秀賞受賞など早熟な才能を発揮し、以降、同人誌や札幌の文芸誌『北方文芸』を皮切りに、文芸誌に小説を発表、１９７７年新潮新人賞候補、80年作家賞受賞、そして81年から85年まで芥川賞候補になること5度、89年には長編『そこのみにて光輝く』で三島賞候補となる。しかし90年、自宅付近の植木畑で死体となって発見される。自死であった。享年41。

これから、佐藤泰志について語りたいと思う。そこで語られるのは、評伝や評論ではない。それらは私の手に余る仕事だし、意図するところも違う。

語りたいのは、その作品に出会ってから二十数年間の、いわば「佐藤泰志体験」とでも呼びうるものだ。この体験は私の個人的なものであると同時に、ある種の普遍性を持つものであることを私は確信している。それをこの本で記してみたい。

この後も何度かふれることになるが、佐藤泰志は一度忘れられている。「忘れられている」はあいまいな表現だが、同世代で初期には同じようなテーマを扱っていた立松和平や、同じ頃のデビューで同い年の村上春樹らとは対照的に、90年代後半には「忘れられた」作家のようになっていた。

しかし、間違いなく彼は「再発見」され、再び輝いた。これは私のような読者が、70年代後半から現在にいたるまで相当数いたことを意味するだろう。出会った時期はそれぞれ違っていても、その小説の力に衝撃を受け、「佐藤泰志体験」を共有する人びと。忘れられたことに憤慨し、再発見・再評価に心を躍らせ、再読を試み、映画化作品の公開を心待ちにしていた、私のような読者たち。

彼らが「佐藤泰志体験」を共有し、少しずつ拡散させていった結果が佐藤泰志の「復活」につながったのではないか。その全過程を、私の体験を軸として、つまり一読者の目を通して語りたい。

本書は「私の佐藤泰志」についての記述だが、「時代精神」の変遷の小さな記録であり、「佐藤泰志体験」をさらに拡散させるためのガイドでもある。

全体の構成は次の通りである。

序章「自死の波紋」では、1990年の彼の自死を伝える記録をもとに、その死が周囲に与えた波紋と戸惑いについてふれる。佐藤泰志について語る時、その死のインパクトを避けることはできない。私のように遅れて読者となった者にとってその死はもはや歴史的事実のひとつであるが、その作品を読むことによってそのインパクトを追体験することは可能だ。この序章を全体のスタートとする。

第一章「遅すぎた出会い」では、彼の死の3年後、初めて私がその作品に出会い魅了されていく過程を記述する。『大きなハードルと小さなハードル』、『移動動物園』、『黄金の服』、『そこのみにて光輝く』、『海炭市叙景』、当時まだ入手することが出来たこれらの作品集や長編に私は没頭していく。そしてその世界に浸るため、細部に至るまで理解しようとする。だが彼の作品は次第に忘れ去られ、人々の記憶から消えていく。

第二章「おいたちから死まで」では、佐藤泰志の生誕からその死に至るまでの過程を追いかける。評伝にはほど遠いが、最小限の年譜的事実は押さえておく。新聞の青少年文芸賞優秀賞を2年連続獲得した早熟な文学少年だった高校時代、同人誌や地方の文芸雑誌を中心に発表された「初期作品」の時代、そして秀作を次々に発表しつつ死に向かう最後の10年間、私自身にとっても「佐藤泰志を探す」章となった。

第三章「再発見・再評価から映画化へ」では、「忘れられた作家」であった彼が『佐藤泰志作品集』の出版により「17年ぶりのデビュー」とも言うべき復活を果たした過程を追いかける。この復活により再発見・再評価が進み、ついには故郷・函館の市民によって主要作品の映画化が始まる。『海炭市叙景』、『そこのみにて光輝く』、『オーバー・フェンス』、『きみの鳥はうたえる』、映画化作品それぞれの詳細なドキュメントを目指す。

第四章「とりあえずの結語」では、「なぜ、佐藤泰志は忘れられたのか?」と「なぜ、佐藤泰志は再発見（再評価）されたのか?」というふたつのテーマに対する私なりの結論を提出しようと試みた。同時代の中上健次や村上春樹や立松和平と比較して、「骨太な物語性」や「新しさ」や「時代性」に「弱さ」を感じさせる佐藤泰志だが、その「弱さ」ゆえに新しい読者に再発見（再評価）されたのではないかという仮説が心から離れない。

それでは探索をはじめたい。

佐藤泰志をさがして　目次

序章　自死の波紋

佐藤泰志は、１９９０（平成２）年10月10日、自宅近くの植木畑で死体となって発見された。

そのニュースはいくつかのメディアで報じられたはずだが、残念ながら私にはそれらを見た記憶はない。佐藤泰志という作家自体を知らなかったし、しかも当時私は青森市に住んでいた。もし20代の頃のように函館の対岸にある下北半島の町に住んでいたら、テレビの電波を通してこの函館出身作家の自殺の報に接していたかもしれない。その町では、私たちの見るテレビの番組はすべて北海道の電波であった。何しろ、テレビ塔のある函館山が海峡を挟んで真正面に見える町だったのだ……。

佐藤泰志が亡くなった日とその翌日の様子は、共同通信記者・小山鉄郎によるレポートで知ることができる。

「佐藤泰志の惜しい死」と題されたそのレポートは、小山が『文學界』に連載していたコラム「文学者追跡」に掲載され（1990年12月号）、1992年に文藝春秋から刊行された『文学者追跡』に収録されている（のちに『あのとき、文学があった』と改題され、論創社から刊行）。
以下、そのレポートから引用する。

十月十一日の昼過ぎ、知り合いの編集者の方からの電話で、私は佐藤さんの自殺を知った。それを聞いた時の驚きとそれを受け取りたくない逃避とで、急に自分の中で現実感が希薄になり私は茫然となった。

小山鉄郎「佐藤泰志の惜しい死」

ノーベル文学賞が発表になるという、「文芸担当記者が一年で一番忙しい」その日、小山鉄郎は佐藤泰志宅に電話をし、応対に出た夫人から彼の最期を聞く。

これまでの私の知るかぎりでは、佐藤さんは十月九日の午後十一時過ぎに自宅から紐を持って飛び出して、翌十日の午前九時頃、自宅から五十メートルほど離れた雑木林で首を吊って死んでいるのを発見された。これまでにも何度か自殺未遂のようなことがあったので、こういうことがあるかも知れないと喜美子夫人は思っていたという。なかなか佐藤さんが家に戻ってこないので、喜美子さんが佐藤さんを探し始め、近くの交番に届けに行ったのが、十日の午前一時半過ぎで、死亡推定時刻は十日午前三時から同四時の間のようだったので、それまでに佐藤さんを発見できなかったのが、悔やまれるという。

佐藤さんは、九日の昼頃、恋ヶ窪駅近くのパチンコ屋二階の喫茶店で、遺作となった「虹」を「文學界」の担当編集者のW氏と会って渡している。作品が仕上がった喜びだろう、「ゲラが出たら久しぶりに編集部に伺うかもしれません」とも話していたようだし、佐藤さんの死に計画的な影は見えない。

同前

これらの文章（それは貴重な記録となったが）に続き、残された家族、高校生の頃の創作活動、友人である詩人、福間健二氏との関係と氏の証言等々、この時点での佐藤泰志のすべてをこのレポートは伝えようとする。そして自問自答。

なぜ、本当に佐藤さんは踏み止どまらなかったのか。佐藤さんの小説が行き詰っていたのだろうか。私にはどうしても、そうは思えない。

同前

この、悔しさをにじませたレポート（コラム）が掲載された『文學界』１９９０年12月号（遺作

「虹」発表）の他にも、追悼特集がいくつかの文芸誌で組まれた。私の手元にも2冊ある。『文藝』（河出書房新社）1990年12月「文藝賞特別号」（遺作「星と蜜」発表）は「佐藤泰志追悼」として、「固い結び目」（梅田昌志郎）と「佐藤泰志とその文学」（千石英世）の2編を掲載している。どちらも、佐藤泰志の思い出とともに、彼の文学（そして生き様）の特質に迫ろうとする内容である。

札幌の文芸誌『北方文芸』（北方文芸刊行会）は1990年12月号に「佐藤泰志を悼む」として、「作家・佐藤泰志さんを悼む」（坂本幸四郎）と「若い《戦友》を送る─佐藤泰志に─」（小笠原克）の2編を掲載している。どちらも、1976（昭和51）年『北方文芸賞』授賞式の際の佐藤泰志を伝えており、北海道の文学シーンにおける佐藤泰志の存在の大きさを示している。

第一章　遅すぎた出会い

1　1993年6月

初めて佐藤泰志の小説と出会ったのは1993年の6月だった。

少し前、職場の先輩から佐藤泰志の作品群を知らされていた。その先輩は、同時代の文学に対してある種の鑑識眼を持つ「目利き」のような存在だったので、少し食指が動いた。と言っても、それほど心が動いたわけではない。

2年前にその作家は世を去っていて、作品集も数冊あるだけ。私が当時購読していた文芸誌『文藝』にも作品が掲載されていたらしい……情報はわずかだった。

自宅で『文藝』のバックナンバーを探した。5篇の小説が見つかった。

「野栗鼠」（1985年9月号）
「大きなハードルと小さなハードル」（1987年12月号）
「納屋のように広い心」（1988年冬季号）
「夜、鳥たちが啼く」（1989年冬季号）
「星と蜜」（1990年文藝賞特別号）

のちに短編集『大きなハードルと小さなハードル』に収録された作品群（「星と蜜」を除く）。最初は警戒するようにゆっくりと、特に入れ込むこともなく淡々と、やがて少しずつ没頭して、最後は全速力で読み切った。ちょうど2日間。


1日目、「野栗鼠」「大きなハードルと小さなハードル」「納屋のように広い心」の3篇を読み終えた時、確信した。

「これは、私のための文学だ」。

おそらく多くの人がそのように思ったのだ。単なる思い込みも含めて。

そして、打ちのめされたのだ。

そこにはまぎれもなく「青春の終わり」が、あるいは「青春の続き」をひきずった生活が描かれていた。男と女、幼い子ども、始まったばかりの家族、過酷な現実、生と夏の輝き……どうして今まで出会わなかったのだ。
リアルタイムで読むべき作家だった。しかも私は、その掲載雑誌を購読していた。この穴を埋めるべく、私は動き出した。

書店にはもうほとんど置かれていなかった彼の著書を手に入れるため、注文が必要だった。その当時、地方では、それがかなり時間を要するものであったことを理解していただきたい。

こうして。6冊が刊行されていた著書のうち5冊を私は入手した。

短編集『**大きなハードルと小さなハードル**』（1991年、河出書房新社）
短編集『**移動動物園**』（1991年、新潮社）
短編集『**黄金の服**』（1989年、河出書房新社）
長編『**そこのみにて光輝く**』（1989年、河出書房新社）
短編集『**海炭市叙景**』（1991年、集英社）

最初の著書『**きみの鳥はうたえる**』（1982年、河出書房新社）は、もうすでに入手不可能だった。

その年（1993年）8月、入手した5冊に私は浸りきる。『大きなハードルと小さなハードル』

『移動動物園』『黄金の服』『そこのみにて光輝く』の4冊を数日間で読了し、夏の終わりには『海炭市叙景』にたどり着いた。

これから、この5冊の内容について、引用をまじえて語りたいと思う。それは、当時の私の琴線にふれた部分を中心とした語りであり、かつ映画で言えば「予告編」的な記述であるが、もしかしたら「ネタバレ」と感じる人がいるかもしれない。その場合は、第一章の残り全体を飛ばして、後日作品鑑賞後に読むなりしてほしい。もっとも、どの章でも作品の内容を語っている。あらかじめ断っておく。

2 『大きなハードルと小さなハードル』

短編集『**大きなハードルと小さなハードル**』には、Ⅰ部とⅡ部を合わせて7篇の作品が収められている。

▼Ⅰ部「秀雄もの」

Ⅰ部を構成する5篇は「秀雄もの」と呼ばれる連作で、同棲する若い秀雄と光恵が、やがて陽子という娘を持ち、3人家族として生きていく過程が描かれているが、その多くは危機的な局面である。

連作の1作目「**美しい夏**」（1984年）は、東京のアパートで同棲する秀雄と光恵が近郊の小さな町に部屋を探しに行く話だ。

その前の晩、最終電車で乗客と喧嘩をして警察の世話になった秀雄は、朝、緑色のカーテンに腹を立て、光恵とともに小さな町に向かう。しかし不動産屋の態度に引っ越しの気力を失い、ふたりは川を目指して歩く。昨夜の喧嘩と警察の記憶、故郷の記憶、光恵の浮気の記憶……夏の一日、秀雄の苛立ちは続く。

物語の後半、川原に下った彼らだが、川にはなかなかたどり着かない。そして、次のような描写に、私は引きつけられた。


水の匂いが漂って来ないか、と秀雄は思った。深呼吸をしてみた。光恵がすべって転び、尻餅をついた。秀雄は笑った。ずいぶんと陽気な声が出た。そういう声を出すと、身内が弾むようだった。腕を取って引っ張り起こしてやった。右手が痛んだ。

「まだなの」

「すぐそこだ。耳を澄ましてみろ。水の音がする」

光恵は胸を激しく動かし、額に汗を浮かべて本当に耳を澄ませた。

「嘘つき」

秀雄は何も言わず、歩きだした。しかし本当に川はすぐそこにあるのだ。彼はまた、夏を強く感じた。


「美しい夏」


あるいは、2作目「**野栗鼠**」(85年)の次の場面。この短編では秀雄と光恵はすでに結婚し、3歳になる陽子と3人家族だ。

祖母の葬式のため秀雄の故郷である海辺の街を訪れた3人は、ロープウェイのある山を歩いて登

『大きなハードルと小さなハードル』(河出書房新社)

る。

父と母のほのかな期待を感じながらも、彼は故郷に帰ることを拒否し、街と自分の過去について語り続ける。

その山登りの途上、一匹の野栗鼠が彼らと外国人観光客の間に現れる。

陽子が、リスさん、リスさん、といいながら這うように階段を降りて行った。

「驚かさないのよ」光恵は囁くような声を出した。

秀雄はしゃがんだ。下からは外国人の娘が陽子と同じように這いながらのぼって来る。野栗鼠は陽子と眼が合うと下に向って逃げ、すると外国人の娘と眼を合わせて、上に逃げた。秀雄は腹の底から笑った。視界が揺れるなら揺れろ、と思った。階段も陽子も野栗鼠も山も海も、揺れるなら揺れてみろと思った。汗が吹きだした。もう終ったのだ。少なくともひとつは。

「野栗鼠」

この毅然とした、宣言のような決意表明。先が見えない、時には絶望的な状況の中で、もがきながら苛立ちを感じながら、一筋の光明のように宣言される、かすかな希望。全編を覆う決して明るさを感じさせることのない描写の中で、ユーモアすら覚える場面と開き直りのような宣言に出会い、読者もまた（私は、と言うべきか）救いのようなものを感じてしまう。

それは、誰もが思い当たる青春の終わりから家庭を持つに至る過程の中で、何かしら似たものを経験したような気がするからだ。

次の3作目「**大きなハードルと小さなハードル**」（87年）では、秀雄は重度のアルコール中毒患者となっている。狂暴性を増していく彼は家中の窓ガラスを割り、記憶を亡くし、医者から入院を勧められる。それを断った彼は、光恵と陽子とともに、3人で河原に出かける。

再び河原（川原）だ。そこで秀雄は、酒を断とうと決意する。

池を崩している陽子を見ながら、彼は憎しみでも怒りでも何でもいい、身体に満ちることを願った。そしてあらためて視えないものでも、聴こえないものでも全部あらわれるがいい、と思った。俺の前に立ちふさがるがいい、すべて視、すべて聴いてやろう。大きなハードルも小さなハードルも、次々と跳び越えてみせる。

「大きなハードルと小さなハードル」

秀雄は自力で酒を断てるのだろうか。読者は悲劇的な結末を予測してしまうが、連作の４作目「**納屋のように広い心**」（88年）で、秀雄は「ひと夏かけて自力で酒をやめた」男として登場する。だが、もちろん簡単なハッピーエンドとはならない。また、別な試練が彼を襲う。３人で暮らし始めた故郷の海辺の街から、光恵が陽子とともに出て行ったのだ。置手紙を残して。

海峡を渡る連絡船の名簿で妻の名を見つけた秀雄は、警察に助けられ、海峡の向こうの街に渡り、連絡船の待合室に向かう（私にとって忘れることのできない場所だ）。

待合室のベンチは大勢の人で満たされ、騒ついている。売店はシャッターが降り、立ち喰いソバ屋も軽食の店も明りは消えていた。熱く苦いコーヒーを飲みたかった。秀雄は顔をあげ、人々を見まわしながら、ゆっくりと通路を歩いて光恵を捜した。けれども、そうするまでもなかった。二列に並んだベンチの一番奥に光恵は正面をむいて坐っており、ずっと彼を見つめていたからだ。

このあと、改札から駅前広場に出た3人は、客引き（あるいは旅館の主人）に誘われて、驚くほどの安い値段で旅館に一泊することになる。案内された旅館は実はモーテルにつながっていて、ここから物語はコメディのような展開を見せ始める。そのまま映画やテレビドラマにしてしまいたくなる軽妙な、しかしシリアスな作りの短編。

私は、絶望の中に希望を見出そうとする佐藤泰志の真骨頂を、この作品で感じた。この作品を読んだところから、私の「佐藤泰志探し」の旅は始まったと言える。

だが、5作目の「**裸者の夏**」（89年）では、前作でかすかに視えた希望のようなものは姿を消している。

秀雄一家は静岡の光恵の実家を訪れるのだが、手術とリハビリを経た義父は医者に禁じられている酒を朝から飲み続ける。朝のビールの誘いを断った秀雄は、陽子とともに川に出かける。またしても、川だ。

季節外れの脱皮を全力で続ける蝉と、全力で遊ぶ娘の姿を重ねる秀雄だが、もう毅然とした決意をすることはない。

こうして、連作「秀雄もの」は中断する。「中断」と書いたのは、「裸者の夏」発表の翌年（90年）、佐藤泰志は自死を遂げるからだ。短編集『大きなハードルと小さなハードル』の出版は、自死の翌年、1991年のことだ。

▼Ⅱ部

「秀雄もの」と同時期に書かれたのが、Ⅱ部に収録されている「**鬼ガ島**」（85年）と「**夜、鳥たちが啼く**」（89年）の2篇である。この2篇は対の構造となっている、というか前篇・後篇のような作りなのだ。

「鬼ガ島」の主人公の「僕」は、高校の同級生の女性とその息子との疑似家族生活を経て、いまは別な女性（文子）と同棲している。

「夜、鳥たちが啼く」の主人公の「僕」は、かつて自分の友人の妻だった裕子とその息子アキラに母屋を貸し、自分はプレハブで暮らしている。

つまり、「夜、鳥たちが啼く」の後日譚が「鬼ガ島」であるとも読める構造になっている。発表は「鬼ガ島」の方が先だが（スピンオフとも言える）。

ここでも、主人公の「僕」は決意する。静かに、だが地に足をつけようと、慎重に言葉を選びながら。

たとえば「夜、鳥たちが啼く」の「僕」は、自分の友人と離婚した裕子とその息子アキラと「家族」になる決意を、両親に伝えようと考える。

今夜、僕は両親に手紙を書く。すぐに賛成はしまい。けれど僕はあきらめないだろう。友達をひとり失った。本を一冊読んだ。彼女がいうように、僕らがどんな眼で見られるかは、いくらでも想像がつく。

母は結婚もしないつもりか。籍も入れないのか、というかもしれない。いうだろう。今のところはです、と僕は手紙に書く。

僕は粘り強くならなければならない。それだけなら、たいしたことではない。

「夜、鳥たちが啼く」

「鬼ガ島」では、過去の影に怯え高熱を出してしゃべり続け「笑わせて」とせがむ文子をなだめて、「僕」は決意を示す。

喋りつかれて文子はぐったりした。これから文子を笑わせる。これが僕の六十になった時の顔だ。思いきり下顎を突きだして唇をめくり、顔中に皺ができるように頬を歪ませ、老人の声を作って僕は話した。僕らは結婚するんだ、と。文子は子供を産み、僕は働く、と。

「鬼ガ島」

もうすでに青春時代は終わり、主人公たちはその尻尾を引きずりながら、もがき、家族を、家庭を引き受けていこうと、決意する。

最初に出会ったのが、１９８４~89年に書かれ『大きなハードルと小さなハードル』に収録された小説群だったことは、私にとって決定的だった。そう言うしかない。

3　『移動動物園』と『黄金の服』

短編集『大きなハードルと小さなハードル』に収録された作品が、1984年以降の「後期」（晩年と言ってもいいが）のものであるのに対し、次に挙げる『**移動動物園**』と『**黄金の服**』の作品は、77年から85年まで、文壇デビューから「後期」にまたがって発表されたものである。いま仮にこれらを「中期」の作品と呼んでおく。

『移動動物園』は彼の死後（91年）に刊行されているが、『黄金の服』は生前（89年）に刊行されたものだ。そして、この2冊の中に、芥川賞候補作が4篇含まれている。『移動動物園』収録の「**空の青み**」（『新潮』82年10月号）と「**水晶の腕**」（『新潮』83年6月号）、『黄金の服』収録の「**黄金の服**」（『文學界』83年9月号）と「**オーバー・フェンス**」（『文學界』85年5月号）がその4篇である。「**きみの鳥はうたえる**」（『文藝』81年9月号、この時点では私はまだこの作品に出会っていない）と合わせ、佐藤泰志は5度芥川賞候補となり5度落選した。

▼『移動動物園』

その経緯についてはいずれふれるが、ここではまず、『移動動物園』収録の表題作「移動動物園」について語りたい。

「移動動物園」は、『新潮』1977年6月号に掲載された。それまで同人誌作家であった彼が、大手出版社の文芸誌にデビューした「記念碑的作品」である。77年度新潮新人賞最終候補作となり、受賞を逃したものの、その後「空の青み」と「水晶の腕」が『新潮』に掲載される契機となった。

「移動動物園」の主人公・達夫は、山羊や栗鼠、兎やモルモット、アヒルなどの小動物をマイクロバスに乗せ、幼稚園や保育園を回る移動動物園で働く若者だ。

ほかに登場するのは、同じ職場で働く3歳年上の道子、全国を回る夢を語り続ける中年男の園長、それに兎売りのやはり中年男・青木。ほとんどこの4人だけで、物語は進行していく。

最初の一行から、私たちは佐藤泰志の世界に引き込まれていく。

夏の光のなかでポゥリイが啼いた。濃いオレンジ色の花をいくつかつけた柘榴《ざくろ》の若木に繋がれて、まだ充分、大人になりきっていない山羊のポゥリイは、しなやかな声でたて続けに啼いた。まるで達夫の耳を柔らかく包みこんでくるようだ。

暑かった。足元からたちのぼってくる草や土の匂い、それに汗の匂いが、夏の空気と一緒に達夫をぴったりと包みこんでいて、息をいっぱいに吸いこむと、むせびそうになるほどだ。

「移動動物園」

中上健次を思わせる、あるいは初期の大江健三郎を思わせる、「労働」の描写が続き、達夫とその他の登場人物との関係も次第に明らかになっていく。

愛人関係にある園長と道子、休憩時間のふたりの行動を達夫は見て見ぬふりをしている。しかし達夫もまた、道子に半ば子ども扱いされながらも、彼女のことを性的対象と見ている。

この不安定な（だが古典的な）関係の中で、達夫は黙々と働く。夏、外は炎天下だ。草を刈り、動物たちの世話をする。病気の動物を治療し、必要なくなった動物たちを処理する。

達夫は道子に対する複雑な感情を持ちながら、時には体調を崩した（それは妊娠だったのだが）彼女に優しい気づかいを見せる。同僚に対する気持ち以上の関わり方だ。

狂言回しのように登場する兎売りの青木が、なかなか喋れない自分の娘に仔兎を見せようと訪れた時も、達夫は黙々と土を掘る作業を続けている。だが、意識の中に、道子はしっかりと存在している。

「桃子ちゃん、これあげるわよ」道子の声がした。

スコップで土を掬いながら達夫は兎小屋のほうへ顔を向けた。道子がいつのまにかやってきていて、ぐるんぱの幼稚園の絵本を女の子に渡そうとしていた。女の子はためらいながら青木

『移動動物園』（新潮社）

と道子を交互に見つめ、すこしずつ頬が赤らみはじめる。道子が無理矢理絵本を握らせていて、青木が、桃子、良かったな、貰え、貰え、といっている。達夫は穴掘りに戻った。「あとでお姉さんが読んであげるわよ」と道子がいっている。

「移動動物園」

まだ達夫は決意をしていない。だが、私たち読者にはわかる。いつか達夫は決意するだろう。それはずっと先かも知れないが、必ず達夫は決意するだろう。

先達の呼び方に倣って、『移動動物園』に収められたこの表題作とその他の2篇を「青春労働小説」と呼んでおく。あてもなく、旅立ちも禁じられた、「青春」。そして佐藤泰志の作品には、いつもその「終わらせ方」を探してもがく主人公が描かれる。

▼佐藤の芥川賞候補作

さてここで、芥川賞候補作品について書く。いま取り上げている2冊の短編集の中に4篇収録されていることはすでに述べた。

最初に候補となったのは、のちに詳述することになる「**きみの鳥はうたえる**」である。1981年のことだ。

以下、『文藝春秋』に掲載された選考委員の選評を見てみよう。

第86回芥川賞（昭和56年／1981年下半期）候補「きみの鳥はうたえる」。この回受賞作なし。

「現代青年の心持はわかるが、芥川賞の文章として肯定するわけにはいかぬ」。（瀧井孝作）

「からうじて論ずるに価するもの」「これは青春の哀れさと馬鹿ばかしさといふ、もうすつかり陳腐なものになつてしまつた主題、いや、文学永遠の主題の一つをあつかつたもので、かなり読ませる。特にいいのは若者たちに寄り添ひながら、しかしいつも距離を取つてゐることである」。「ただしおしまひのはうは感心しない。人殺しなんか入れなくたつていいのに。佐藤さんは小説的な恰好をつけようとして、かへつて話のこしらへを荒つぽくしてしまつた」。（丸谷才一）

「私などの知らない現代の若者たちの生活が、一応納得できるように書かれてあった」。（井上靖）

「人物たちが新しがつてゐるのにどことなく古風で、昭和初年の世相小説を思はせる」「主人公と、静雄と佐知子の三人は、互に性的に交はり合ふだけで、閨愛といふべきものかどうかわかりません。これが現代人の現代人たる所以だと作者は云ふかも知れませんが、それでは結局この小説がつまらなくなつてしまふのではないかと思います」。（中村光夫）

第88回芥川賞（昭和57年／82年下半期）候補「**空の青み**」。受賞作は唐十郎「佐川君からの手紙」、加藤幸子「夢の壁」。「空の青み」についての選評なし。

第89回芥川賞（昭和58年／83年上半期）候補「**水晶の腕**」。この回受賞作なし。

「わりあいまし」「主人公の姿は、健気と言えないこともないが、しかし印象が薄く、かえって、周囲の人たち、特に「頭のとろい」あんちゃんが記憶に残る」。「感じは悪くないにしても、スケッチふうの仕立てで、短篇小説と呼ぶにしてはどうも水っぽい」。

（丸谷才一）

第90回芥川賞（昭和58年／83年下半期）候補「**黄金の服**」。受賞作は笠原淳「杢二の世界」、高樹のぶ子「光抱く友よ」。「黄金の服」についての選評なし。

第93回芥川賞（昭和60年／85年上半期）候補「**オーバー・フェンス**」。この回受賞作なし。

「「オーバー・フェンス」を凡作だと思ったのは、この人にはもっと優れた作品があるからである。今度の作品には珍しく文章の粗雑な個所が目についた」。

（三浦哲郎）

これが全5回落選の概要だが、なかなか厳しい選評が続く。もっとも選評があるのはまだ好意的なほうで、ほとんどの選考委員は1行も触れていない。

救いは丸谷才一と三浦哲郎の選評で、少なくとも彼を一人前の作家として認めている。

そろそろ芥川賞から離れるべきだが、補足として第81回（1979年上半期）から第100回（1988年下半期）までの20回（つまり昭和最後の10年間）の、注目すべき作家の落選作を抜き出してみる。

立松和平「閉じる家」（79年第81回）、「村雨」（79年第82回）
村上春樹「風の歌を聴け」（79年第81回）、「1973年のピンボール」（80年第83回）
松浦理英子「乾く夏」（79年第82回）
田中康夫「なんとなく、クリスタル」（80年第84回）
島田雅彦「優しいサヨクのための嬉遊曲」（83年第89回、この作品を含めて6度ノミネート）
干刈あがた「ウホッホ探検隊」（83年第90回、この作品を含めて3度ノミネート）
桐山襲「スターバト・マーテル」（84年第91回）、「風のクロニクル」（84年第92回）
山田詠美「ベッドタイムアイズ」（85年第94回）、「ジェシーの背骨」（86年第95回）、「蝶々の纏足」（86年第96回）
多田尋子「白い部屋」（86年第96回）、「単身者たち」（88年第100回、その後4度ノミネート）

吉本ばなな「うたかた」（88年第99回）、「サンクチュアリ」（88年第１００回）

※ちなみに受賞作は、81回青野聰「愚者の夜」、重兼芳子「やまあいの煙」、82回森禮子「モッキングバードのいる町」、84回尾辻克彦「父が消えた」、89回受賞作なし、90回高樹のぶ子「光抱く友よ」、笠原淳「杢二の世界」、91回受賞作なし、92回木崎さと子「青桐」、94回米谷ふみ子「過越しの祭」、95回受賞作なし、96回受賞作なし、99回新井満「尋ね人の時間」、１００回李良枝「由熙」である。

ほんの一部だけを紹介したが、彼らはみな芥川賞を逃している。受賞者・受賞作と比べてみても、魅力的な作品が多いような気がするのだが……。

▼「青春労働小説」

『移動動物園』収録作品に戻る。表題作とともに「青春労働小説」とされる2篇である。

「**空の青み**」（82年）の主人公は、マンションの管理人のアルバイトをしている綱男。彼と、マンションの住人であるエジプト大使館三等書記官家族、愛人をマンションに住まわせている男、そのお抱え運転手、水道工事店の男、前管理人の夜間学生等々のさまざまな人々との交流を描いた作品である。軽やかな、しかもそれぞれのエピソードにユーモア感覚があふれる、私にとってはかなり気に入っている作品であるが、先ほど見たように、芥川賞選考委員には評価されなかったようである。

「**水晶の腕**」（83年）の主人公・飯田は、コンピューター関係の電機会社の下請けの梱包工場で働いている。付き合いを始めた恋人・妙子との将来について決心した飯田は、互いの両親に会うつもりだ……彼と同僚たち（これがまた個性的な顔ぶれなのだが）の労働の日々が描かれたこの作品も、私はかなり気に入ったのだが（主人公の決意の仕方が「秀雄もの」につながるという意味でも）、「空の青み」と同じように芥川賞選考委員には評価されなかった（丸谷才一を除いて）。

2作とも「群像劇」である。まだ萌芽的であるとはいえ、登場人物一人ひとりの個性を書き分けていく手法は、やがて『海炭市叙景』などにつながっていったのではないか。これはのちに再読した際に感じたことだが、あながち私だけの思い込みではないようだ。

▼『黄金の服』

『**黄金の服**』は著者の生前に刊行され、収められているのは発表順に「**撃つ夏**」（『北方文芸』81年2月号）、「**黄金の服**」（83年）、「**オーバー・フェンス**」（85年）の3作である。

この3作について、佐藤泰志は「単行本あとがき」で次のように書いている。

ここでは、それぞれに固有な響きをもった「青春」をモチーフとした作品を収録した。ことさら意識して、いわゆる青春小説を書こうとしたわけではない。けれども、真新しく、魅力的な青春を描きだそうとすることが、当時の僕には、かけがえのないことであったのは確かだし、そうした気持は現在もある。ともかくも、書くことを通じて、自分自身をも含む青春と、やっきになって闘っていた時期にあたる作品で、それだけに、大きな愛着を持っている。

（1989年8月2日）

著者自身は、「青春」をモチーフとした作品、と一括りにしているが、それぞれの趣きはかなり異なっている。

「**撃つ夏**」は、入院生活を送る二十歳の青年・淳一と周囲の人間たちの病院での日常を描いた、やや古風な純文学とも思える作品だ。決して「真新しく、魅力的な青春」ではないが、青春のある時期を切り取った作品であることは確かだ（なお、この作品が発表された札幌の文芸誌『北方文芸』とその掲載作品については、第二章で扱う）。

「**黄金の服**」は、著者の「あとがき」の言葉を借りるなら、明らかに「青春小説」である。そし

『黄金の服』(河出書房新社)

て私たち読者から見れば、いかにも佐藤泰志らしい「青春小説」である。のちの作品で私たちが「佐藤泰志的」と感じる要素がちりばめられ、しかしまだ後期の「佐藤泰志」にはなっていない……それは勝手な思い込みだろうか。

この作品でもまた、最初の1行から私たちは引き込まれる。

朝のうち、ヒューバート・セルビーの《ブルックリン最終出口》を三十頁ほど読んで、それから部屋を出た。急にアキに会いたくなった。それに泳ぎたかった。

「黄金の服」

夏。母娘三人と親子の牝犬が暮らす大家の家。「僕」が住む木造の離れ。国立大に籍を置く友人の道雄と慎。その大学の生協で働く同僚のアキ。慎のガールフレンドの文子……「青春小説」の舞台装置は整っている。まだ一作もかけていない小説家志望の「僕」は、プールで、海で泳ぎ、街で酔っぱらい、いくつかの事件に遭遇する。アキと関係を持っているが、何の決断もできない……。

ストーリーについてはこれ以上踏み込まない。「青春小説」として充分に楽しめる展開だ、とだけ言っておこう。ただ、次の場面についてだけは言及しておかなければならない。

子どもの頃に見たサーカスの思い出を熱っぽく話すアキに対し、「僕」は自分にはそのような鮮明な記憶がないと気づく。

僕が生まれた人口二十五万の地方都市では、夏、一週間のあいだ、港祭りが開催される。街の人間たちはその一週間のあいだ、とことん愉しむ。うかれて、馬鹿騒ぎに明け暮れるのだ。街の大人たちは飲んだくれ、飲み屋はごった返し、僕ら子供たちは繁華街を埋めつくした夜店でガラクタのオモチャをかっぱらい、ストリップ劇場の看板に張ってある裸の女の白黒の写真に見とれる。僕らより少し齢上の連中はあちこちで、着飾った女の子に声をかけるのだ。サーカスはその祭りと一緒にやって来る。

そんなふうに僕は話した。

「あんたの故郷はきっといい所なのね」とアキは僕が話し終るのを待っていった。

「狭くて、息が詰まるだけの街だ」

「今度、あたしを一緒に連れて行って」

「約束するよ。帰る時があったらね」まるで、そんな時がくるかのように僕はいった。

同前

もしかしたら、私は少し急ぎ過ぎているのかもしれない。「青春」を終わらせ、家族を引き受けようとする決断や決意を描く「佐藤泰志」に早く出会いたいと、「黄金の服」の中から「故郷」についてのエピソードを抜き出し、早送りで再生するように函館を舞台（あるいはモデル）とした作品までたどり着きたいと、急いでいるのかもしれない。

いま再読を繰り返し、「黄金の服」が後期の作品につながっていくのでは、と思い始めているが、最初に読了した93年8月の段階で、私はそのまま「青春」の物語として読んだ。私は38歳で、佐藤泰志が34歳の年に書いた物語をそのまま「青春小説」として受け入れることができた。この時点で、まだ『そこのみに光輝く』にも『海炭市叙景』にも私は出会っていない。

ただ先回りして言うと（年譜的・伝記的内容は第二章で展開する）、81年、佐藤泰志は1年間故郷・函館で生活し（彼は32歳だ）、その後「黄金の服」（83年）が書かれ、「オーバー・フェンス」（85年）

が書かれ、「野栗鼠」（85年）が書かれ、「そこのみにて光輝く（第一部）」（85年）が書かれた。

いよいよ佐藤泰志は函館と向き合う。次は、もちろん「オーバー・フェンス」についてだ。

▼結節点「オーバー・フェンス」

「オーバー・フェンス」の主人公は、育児ノイローゼの妻と離婚して、東京から故郷の海峡の街に帰ってきた白岩。職安から紹介された職業訓練校の建築科に通っている。入校すれば失業保険が1年間に延長され、手当がもらえて、しかも技術が身につく……こうして入校した建築科は、中学を卒業したばかりの生徒がほとんどの印刷科や溶接科や自整科と違い、社会人を経験した生徒が多い、年齢もばらばらの集団だった。

さまざまな来歴を持つ男たちの群像劇……その予感と期待に加えて、次のような記述が私を物語の中に誘う。

はるか遠くに見える、海峡に突き出ている三百三十五メートルの山に視線を向けた。山はくっきりとした輪郭を持ち、夏が近づいていることを感じさせた。光は眩しくはなかったが、海峡さえもが無数の発光体をまき散らしたようにきらめいていた。グラウンドは小高い丘を切り取って作ってあるので、ライト側にだけある緑のフェンス越しに見える町並みは、一部分しか見えない。

まだ二ヵ月しかたっていないのだ。あの海峡を連絡船で、行商人やシーズンオフの数少ない旅行者に混って、山を迂回し、桟橋のタラップを降りてから。父の家で五泊し、それから今のアパートでひとり住いをはじめた。たったの二ヵ月だ。

「オーバー・フェンス」

こうして始まった訓練校生活。少しずつ交友関係も生まれるが、毎日350ミリリットルの缶ビールを酒屋に買いに行き、何もないアパートで暮らす日々。時おり、8ヵ月になったはずの娘と妻のことを思い、白岩はカンナ研ぎに専念する。訪ねてくるのは妹夫婦と昔の友人くらいだ。そんな日々の中、彼は若い女性を訓練校仲間から紹介される。さとし、という男のような名を持つ花屋の娘。彼女に好意を持つが、逡巡する白岩。

僕はこの町に、そういうものに近づかないために帰ってきたのではないか。しきりに僕はそう思い続けた。愛さなければならない人間ができるのは煩わしかった。アパートに越してから、僕は両親の家も妹の家も訪ねていなかった。

同前

だが、彼は踏み出す。故郷の街で、愛さなければならない人間が、守るべき人間が、できた。

ある日、日曜日に家族で集まろうと誘いに来た妹に、彼はその日は「水族館へ行く約束がある」と嘘をつく。そして、さとしを誘ってもいい、と思いつく。それでも執拗に家族団欒を主張する妹。

その時、外で車のとまる音がした。ドアが閉まって誰かが歩いて来る音も。ノックもせずにさとしが、ドアをあけた。妹がちょっと驚いて首を上げた。ごめんなさい、お客さんだったの、とさとしが明らかに誤解した表情であわてていい、ドアを閉めて出て行こうとした。

さとし、紹介する、妹だ、と僕は大声を出した。妹が、一体誰なの、というふうにじろじろ僕を見た。どうした、今日は配達だろ。ちょっと寄ってみたの、とさとしはいい、妹に頭を下げた。こういうわけだ、と僕は妹にいった。来週の日曜日、彼女と水族館へ行く約束をしている、そうだよな、と玄関に立っているさとしの眼を見つめていった。

同前

家族生活の破綻、別れた妻と娘への思い、故郷の海峡の街、働く仲間たちの群像、新しい出会い、再出発への決意……佐藤泰志のすべてが（のちの佐藤泰志的なものも含めて）盛り込まれた、結節点とも言うべき作品「オーバー・フェンス」。

彼の文学のキーワードのひとつである「オーバー・フェンス」の「フェンス」について、この作品中、次のような記述がある。訓練校のソフトボール大会の打席に立つ白岩が、応援に来たさとしを見つけた場面だ。

娘や妻のことを考えた。妻はきっと元気になっただろう。自分を取り戻したろう。そう信じた。僕には見えた。外野のずっと向う、まばゆい光を受けたフェンスが。それは何ヵ月か、何年かたたなければ手に触れることもできないほど遠く、高く、真新しくそびえ立つ、フェンスだった。どうすればそこまでたどり着くことができるのか見当もつかないほど、遠い幻のフェンスだった。

同前

さて、「黄金の服」についての最後でふれたように、佐藤泰志は81年故郷・函館に帰り、一年間滞在している。その時彼は職業訓練校に通っているから、「オーバー・フェンス」が彼の実際の経験をもとにしていることは確かだ。

そして、個人的な話になるが、その頃（81年前後の5年間だが）私は、海峡を挟んだ函館の対岸の町で働いていた。海峡フェリーで何度も何度も函館の街へ行き、おそらく佐藤泰志と同じ時代の空気を吸っていた（と思う）。私が、彼の特定の作品に過剰に思い入れる傾向があるとしたら、そのせいだ。

1993年8月、私は単行本3冊をほぼ1週間で読み終えた。すぐ次の作品に向かいたかった。1日おいて私が手に取ったのは、『そこのみにて光輝く』。やっと、たどり着いた。

4　『そこのみにて光輝く』

『そこのみにて光輝く』は、「**そこのみにて光輝く**」（『文藝』1985年11月号）を第一部とし、第二部の「**滴る陽のしずくにも**」（書き下ろし）を合わせたもので、89年3月、河出書房新社から刊行された。三島賞候補作であり、これを佐藤泰志の代表作とする人も多い。

彼の作品はどれも最初の一行から読者をその世界に引き込むが、『そこのみにて光輝く』第一部（以下「第一部」とする）の最初の数ページの緊張感は群を抜いている。

潮の匂いが鼻孔をついた。背後の海鳴りが歪んで聞こえる。鼓膜が馬鹿になっている。陽光が頭上から射し、それが拍車をかけている。男の声も掠《かす》れて届く。よく喋る男だ。
パチンコ玉をな、男はいった。
「両耳に挟んでおけばいい」

『そこのみにて光輝く』第一部

主人公の達夫は、パチンコ屋で拓児と出会う。きっかけは達夫が百円ライターを拓児にやったこ

『そこのみにて光輝く』（河出書房新社）

とだ。この小さな偶然からドラマはスタートする。

達夫は拓児に連れられ、拓児の家に向かう。メシを食うためだ。

「どこまで行ったらメシにありつける？」

達夫はのこのこ男について来たのを後悔して話をはぐらかせた。友達は不必要だった。あっさり気を許してしまった。おまけに名前まで名のりあった。あのパチンコ屋の世界だけに留めておく関係で充分だったはずだ。

「すぐそこだ。少しぐらい我慢しろよ」

拓児は市が建設した六棟の真新しい高層住宅を指さす。達夫は内心驚いた。この辺一帯はバラック群がひしめき、周囲は砂山だったのだ。子供の頃には近づかなかった。

同前

達夫は気づく。ここが通称「サムライ部落」、あるいは「砂山部落」と呼ばれた地域であることを。

どの家でも犬の皮を剝ぎ、物を盗み、廃品回収業者や浮浪者の溜り場で、世の中の最低の人間といかがわしい生活があると聞かされていた。それを市が根こそぎ取り壊した。観光客のための美観とゴミ焼却場建設のために、代替え用に作った住宅だ。砂山はコンクリートで埋め、申訳け程度にハマナスを植えた。それからこの地にゆかりの若くして死んだ歌人の像を建てた。それも観光客のためだ。

同前

しかし拓児の家は高層住宅ではなく、まだ残っているバラックだった……。

*

少し物語から離れることを許してほしい。物語の世界をイメージするために必要な脇道だ。

「サムライ部落」（これはのちにその名が出てくるのだが）とは何か？ 児童読物作家・山中恒の

のかか?

代表作のひとつである『サムライの子』（1960年）によって、私たち読者はかろうじて北海道の「サムライ部落」をイメージすることができるが、この地の「サムライ部落」もそれと同じものなのか?

『そこのみにて光輝く』についての論考の中でしばしば引用されるのが『函館市史 通説編第4巻』（2002年）「第7編 市民生活の諸相（コラム）」中の「大森浜の砂山 その移りゆく姿」の記述だ。

その中で、かつて石川啄木が賛美した大森浜から湯の川に至る砂山の景観の変化を、1963（昭和38）年7月10日付『北海道新聞』の記事をもとに次のようにまとめている。

函館山はその昔離れ小島であった。それがいつの頃からか潮流と波の作用で、島と陸地の間に砂州ができ現在のような地形になった。砂州の東側に太平洋から運ばれてきた砂が長い間堆積してできたのが大森浜である。海岸では風の力も手伝って高さ三〇メートルもの砂の山が築かれ、砂山一帯の面積は東西に一キロメートル、南北に三〇〇メートルの三五ヘクタールにも及んだ。

この辺一帯は現在は日乃出町だが、昭和六（一九三一）年から十三年までは砂山町と呼ばれており、隣接する高盛町は砂山の最も高い所を高大盛と呼んだところに由来しているという。この砂山にまつわる歴史のひとこまに、通称「サムライ部落」や「砂山部落」というものがあった。新川河口から日乃出町にかけての砂地に穴を掘って、半穴居生活をしていた人びとの一群のことである。

昭和二十五年五月九日付けの「函館新聞」では、当時で四十年にもわたる長い歴史があり、サムライ部落の正統派と称する日乃出町の「五十軒長屋」が紹介されている。それによれば、大正二（一九一三）年に五、六軒の掘立小屋が建っているだけだったその場所に、いつの間にかあっちこっちに小屋が建ち並ぶようになったとある。函館が繁栄するにしたがい、市街地は膨張していき、都市化に伴うさまざまな弊害（ゴミや糞尿の処理）は、当時市街地のはずれにあたるこの地域に発露したのである。そのような場所に貧しい人びとが住み着いてきた歴史があったのだ（『函館市史』都市・住文化編参照）。啄木が賛美したこの砂山が消滅してしまったきっかけもその問題と無縁ではなかった。

「大森浜の砂山　その移りゆく姿」

そして、戦争末期から戦後の復興期に、砂鉄の採取と建設用の砂の確保のため大量の砂が運び出され、砂山は姿を消す。

砂山を貫く国道二七八号（通称海岸道路）の工事が完成したのは三十一年十二月。工事にともない「サムライ部落」も立ち退きを迫られ、その姿を消していた。

函館市は道路地先に小公園を造成して、三十三年十一月には、この地にゆかりの深い石川啄木の銅像が建立された。啄木は砂地に座した姿で、右手をあごにあて、左手には処女詩集を持っている。制作者は本郷新で、台座には、「潮かをる北の浜辺の砂山のかの浜薔薇《はまなす》よ今年も咲けるや」の詩が刻まれている。

同前

＊

話を『そこのみにて光輝く』に戻す。

拓児に連れられて、達夫は拓児の家にたどり着く。そこは、達夫の想像していた高層住宅ではなかった。そこから道一本隔てた、昔ながらのバラックだった。

ここで、達夫は拓児の姉・千夏と出会う。

左側の襖からだしぬけに女の声がした。若くはないが張りのある声だ。

「姉ちゃん、まだ寝てたのか、メシが食いたい。友達も連れて来たからふたり分頼む」

襖をあけて、黒のスリップ姿の女があくびを噛み殺しながら出て来た。達夫は居ずまいをただして頭を下げた。女はこんにちはといった。

「あんた、本当に拓児の友達なの」

『そこのみにて光輝く』第一部

何という、わくわくさせる出会いだ。多くの評者が、佐藤泰志の魅力として人と人との出会いの見事な描写をあげるが、男と女の出会いについては特に引き込まれる。
達夫が拓児の家を出て海を見に行こうと思った時、ドラマは進展する。

誰かが追いかけて来る足音が聞こえた。拓児だろうと思った。振り返ると千夏だったので、まぶしかった。大急ぎで追いかけて来たのだろう。花柄のブラウスのボタンをはめながら、草の中に入って来る。達夫は、外へ一歩出た時から、拓児の家を見捨てるように歩いて来た、と思った。
立ちどまって千夏を待った。すると千夏も肩で荒く息をつきながら、歩調をゆるめた。照れたように顔を下向け、ブラウスのボタンをはめながら達夫を上眼遣いに見た。笑おうと努めていた。

同前

まだ物語は始まったばかりだ。だが、読者はすでに予感している。もっとも佐藤泰志らしい物語が展開されることを確信している。

達夫と千夏の、男と女の出会いについての記述は、ここでいったん中断する。

このあと、達夫は自らの過去と現在にけりをつけようとする。達夫はこの街の大きな造船会社（「ドック」）に勤めていたが、賃金カットをめぐって組合が長期のストライキに突入した後、会社の希望退職の募集に応じて退職していた。退職後も続く組合幹部からのさまざまな要請に、彼は背を向ける。

千夏の過去と現在にも、達夫は彼なりの決着をつけようと試みる。彼女の前の亭主との関係、現在の水商売、それらすべてにけりをつけ、千夏と生きていこうと決意する。

さらに、「長いあいだ行商人として、毎夜連絡船で海峡を越え、重い荷を背にして生活の糧を得て来た」両親の墓を、海峡にのぞむ山の中腹の共同墓地に建てたがっている妹との確執。

さまざまなものにけりをつけようとする、達夫の二十代最後の物語と、その続編『そこのみにて光輝く』第二部「滴る陽のしずくにも」について、これ以上ここで語ることはしない。何よりも、まず手に取って読んでほしい作品だからだ（ここで紹介したのは物語のほんの最初の部分に過ぎない）。

第三章で、再びこの作品について語ることになる。

5 『海炭市叙景』

手に入る限りの彼の作品を読んだあと、１９９３年８月下旬、私はついに遺作『海炭市叙景』にたどり着く。それは、「佐藤泰志の月」とも言うべき８月の日々の、終わりを告げる体験だった。

『海炭市叙景』は、文芸誌『すばる』に断続的に発表（88年11月号～90年４月号）された連作で、18編の物語が書かれた。

函館をモデルとしながらも、どこにでもある地方都市として設定された「海炭市」に生きる18組の人々の物語。それは、新年早々失業中の兄妹の「山」（明らかに函館山だ）での遭難の話から始まり、首都から故郷に帰ってきた若夫婦や故郷を出ていく者、この街に流れてきた者、そしてこの街で生まれ死んでいく者たちの「生」の物語群が続く、オムニバス映画のような世界だ。

91年に集英社から刊行された『海炭市叙景』では、この18編の物語が「**第一章　物語のはじまった崖**」に９編、「**第二章　物語は何も語らず**」に９編収められている。

そして、結局「遺作」となったこの短編集（いろいろな意味で「集大成」という言葉を使いたいのだが）においても、佐藤泰志は最初の一行から私たちをその世界に引き込む。

「第一章　1　まだ若い廃墟」は、次のように始まる。

待った。ただひたすら兄の下山を待ち続けた。まるでそれが、わたしの人生の唯一の目的のように。今となっては、そう、いうべきだろう。

「まだ若い廃墟」

母が家を出て行き、炭鉱夫だった父が事故で死んでから、兄と妹はふたりだけで、つつましく暮らしていた。兄は高校を中退し、父のかわりに見習い鉱夫として働いていたが、その炭鉱は閉山した。

大晦日、「初日の出を見に山に行こう」と兄は妹を誘い、ふたりはありったけのお金を集め、ロープウェイの発着所を目指す。

除夜の鐘が鳴り終ってから、わたしたちはありったけのお金を持って、釈迦町のアパートを出た。ロープウェイの発着所までかなりの距離だったが苦にはならなかった。兄はセーターの上にヤッケをはおり、わたしは紺色のオーバーに毛糸のマフラーをぐるぐる首に巻き、雪道のバス通りを歩いて行った。不思議と寒くはなく、むしろ歩くほどに汗ばんで、わたしははしゃぎながら兄の腕にすがるようにして歩いた。そんなわたしに、兄はしきりに照れた。

同前

読者はもうここまでで、その悲劇的な結末を予感する。さらに、この章全体が「物語のはじまった崖」と題されていることから、「まだ若い廃墟」が『海炭市叙景』全体の（少なくとも第一章の）柱となるべきエピソードであることにも気づく。

これに続く「第一章　２　青い空の下の海」は、「山の遭難」の数日後、連絡船で海峡に出る若い男女の話だ。

連絡船が海峡に出かかり、山の裏側を迂回する頃、彼はひとりで甲板に行った。真冬の甲板は吹き晒しでひどく冷たい。連絡船のたてるしぶきが、髪や顔を濡らす。毛穴が縮み、いっぺんに皮膚が強張った。

「青い空の下の海」

主人公の青年は、「山の遭難」を故郷のニュースで知る。

そのニュースを彼は四日前、正月気分に満ちた新聞で読んだのだ。二十行ほどの短い記事

『海炭市叙景』(集英社)

だった。

同前

彼は、両親に結婚を許してもらうため、結婚相手とともに連絡船で故郷の街に帰ってきたのだ。

十二月の半ばだった。彼は首都のアパートから父に長距離電話をかけた。そばに、彼女が固唾をのんで耳を傾けていた。電話口にでた父は、ほとんど一年振りの息子の声に、何事が起きたのかというように、どうした、と幾分声を強めた。

結婚したい女がいる。彼は単刀直入に話した。

父は口ごもった。話しだすまで待った。

そうか、そろそろいい年頃だと思ってい

同前

た……

まぎれもない、佐藤泰志の世界だ。青春を終わらせようともがく青年が故郷に帰ってくる……このお馴染みの展開は、しかしエピソードのひとつにすぎない。

山、ロープウェイ、連絡船、海峡、これら映画のプロローグのような舞台装置（実際、初めてこの2編を読んだ時、頭の中で映画のシーンを組み立てている自分がいた）をスタート地点としつつ、以下16の物語が語られてゆく。

「まだ若い廃墟」、「青い空の下の海」、「この海岸に」、「避けた爪」、「一滴のあこがれ」、「夜の中の夜」、「週末」、「裸足」、「ここにある半島」、「まっとうな男」、「大事なこと」、「ネコを抱いた婆さん」、「夢見る力」、「昂った夜」、「黒い森」、「衛生的生活」、「この日曜日」、「しずかな若者」……これら18編の物語の小タイトルは、すべて佐藤泰志の友人であり最大の理解者・批評家である詩人・福間健二の詩から採られている。

その福間は、集英社版単行本『海炭市叙景』解説で次のように述べている。

私たちが佐藤泰志から聞いていた『海炭市叙景』の構想では、ここに収めた二章をなす十八の物語は、全体のちょうど半分にあたり、さらに二章が書かれて全部で三十六の物語からなる作品全体が形成されるはずであった。作品の中の季節でいえば、ここまでが冬と春であり、このあとに夏と秋が用意されていたのである。

福間健二「単行本解説」

彼の自死により、私たちは夏と秋の物語に出会うことはできない。だが、遺された物語群から、私たちそれぞれが架空の「海炭市」を紡ぎ出すことはできるのではないか。その夏の終わり、読後の余韻に浸りながら、私はそう考えて自分を納得させていた。

『海炭市叙景』についても、『そこのみにて光輝く』とともに第三章で再び語ることになるだろう。今は、簡単な紹介だけにとどめる。

もうそろそろ、佐藤泰志の自死に至る過程を追うべきだろう。

第二章　おいたちから死まで

1　高校時代まで

ここから、佐藤泰志の生誕からその死に至るまでの過程を追いかけてみたい。

もっとも、この本は正確な評伝を目指しているものではない。しっかりとした取材に基づいた精密な評伝はいずれ書かれるだろう。これから私が綴るのは、現在まで私が出会った書籍やドキュメンタリー映画などを参考にした覚え書きのようなものだと思ってほしい。

佐藤泰志は、1949（昭和24）年4月26日、北海道函館市高砂町（現若松町）に生まれた。56（昭和31）年、函館市立松風小学校入学（松風小は78年新川小と統合し中部小へ）。62（昭和37）年、函館市立旭中学校入学（旭中は93年新川中と統合し宇賀の浦中へ、さらに2018年統合され青柳中へ）。

65（昭和40）年、北海道函館西高等学校入学。文芸部に入部し、学習雑誌の投稿欄に随筆・詩・短歌を発表……。

中学時代、彼はすでに作家になることを決めていたという。高校時代、旭中学の生徒会誌『あさひ』に「先輩から」という文章を寄せているが、その中で中学の美術の時間に将来のことをたずねる先生に対して「僕は作家になる」と答えたエピソードが紹介されている。

そして高校時代。函館山の麓、函館港を見下ろす、八幡坂を登りきった元町の函館西高校（近くには、ハリストス正教会やカトリック元町教会が立ち並ぶ）で、佐藤泰志は将来の作家に向けた創作活動を開始する。

佐藤泰志の生涯を描いたドキュメンタリー映画『**書くことの重さ**』（2013年、稲塚秀孝監督。加藤登紀子が再現映像の中の母親役を演じ、仲代達也がナレーションを担当）は、当時の級友や担任教師たちの証言をもとに、彼の高校時代を再現している（「第二章 多感な青春」）。ジャズ喫茶での喫煙とパチンコ屋入店による2度の停学、札幌への家出、裸足で雪駄での登校姿など、いかにも当時の高校生らしいエピソードとともに描かれているのは、友人たちが麻雀にふける傍らで必死に執筆活動に励む姿だ。

66（昭和41）年、高校2年の時、彼は2つの作品を発表している。函館西高校文芸部誌『氷木』（66年12月20日発行 第二十四号）に掲載された小説「**退学処分**」と、第四回有島青少年文芸賞優秀賞を受賞した「**青春の記憶**」である。

「**退学処分**」の主人公は、授業をさぼって喫茶店に入りびたっている高校生だ。同じくその店に入りびたっている他の高校生と違い、彼はひとりで本を読んでいる。文学少年・佐藤泰志そのものを描いているように私たちには思えてしまう、主人公の姿だ。

僕は本を開いて活字を追ったが、あまり頭に入らなかった。何故なら、夏の太陽の光りの戯れは、僕に不安と焦りとを与えるには充分すぎるくらいだったから。

「退学処分」

青春の愚行ゆえの処分に至る経緯と、その後の主人公の行動については、ここでは書かない。将来の佐藤泰志を暗示するような「最初の小説」であるということだけ、言っておく。

「**青春の記憶**」は、前述したように第四回有島青少年文芸賞優秀賞を受賞した小説で、その全文が北海道新聞に掲載された。

「有島青少年文芸賞」とは、北海道新聞社が主催する文芸賞で、公式ホームページには「『有島青少年文芸賞』は、北海道と関係の深い作家・有島武郎の業績を讃え、道内の青少年の文学への関心と資質を高めることを目的に、1963年にスタートしました」とある。

現在も続いており、「最優秀賞（該当作がない場合は優秀賞から1編）は北海道新聞に掲載します」とある。まさに北海道の中高生の「文芸への登竜門」だったのだ。ちなみに、佐藤泰志が優秀賞を受賞した第四回と第五回は「該当作なし」である。

「青春の記憶」の舞台は、第二次大戦期の中国。主人公の「私」は22歳の二等兵で、「青春の輝かしい記憶」を失ってしまったと感じている。そこへ、若い中国人の捕虜が連行されて来る。

　三人のまだ若い中国人の男が、私の小隊に捕虜として連行されて来たのは、八月の、あるうだるような暑さの日であった。三人は後手にしばりあげられ、銃で押されたり、なぐられたりしながら、ヨロヨロと力なく歩いて来た。

「青春の記憶」

この作品は「歴史もの」である。「戦争もの」あるいは「戦場もの」と言ってもいい。佐藤泰志が古今東西の名作を次々と読破していた文学少年だったとしても、自分の体験とは大いに異なる題材への挑戦は、すでにプロを意識してのものと考えていいだろう。

「青春の記憶」には、捕虜たちの処刑という理不尽な命令に苦悩する姿が描かれている。それが高校生によって書かれた、ということを私たちは確認しておこう。この先に「もうひとりの佐藤泰志」があったかもしれない、ということも。

67（昭和42）年12月、高校3年の彼は第五回有島青少年文芸賞優秀賞を受賞する。前年度から連続の受賞である。受賞作は「市街戦の中のジャズメン」。前回の「青春の記憶」のように北海道新聞に掲載されるはずだったが、紙面に載ることはなかった。高校生らしくない作品とされた、と伝わっている。

しかしこの作品は、加筆され題名を「市街戦のジャズメン」と改め、札幌の文芸誌『北方文芸』68年3月号に発表された（なお、『北方文芸』の創刊号は68年1月号）。文芸誌に掲載された、佐藤泰志最初の作品ということになる。

「市街戦のジャズメン」には、その時代が色濃く刻印されている。

主人公の「僕」は、67年10月8日の「第一次羽田闘争」を「英雄的な事件」と認識する高校3年生だ。その日、10月8日、新左翼各派は佐藤栄作首相の南ベトナム訪問を阻止するため羽田空港に突入。学生と機動隊の衝突の中で、京大生が死亡する。この事件は、60年代後半の「政治の季節」の先駆けとなった。

「安保闘争の時小学校の高学年だった」主人公の「僕」は、「中学校でも」「常に全学連の闘士になることを夢み」ていた。

「あと半年で、全国の何十万の高校三年生達と同時に大学入試のために上京する」ことになる「僕」は、ダンスホールの椅子にすわってホイットマンの詩を口ずさむ。「おお、開拓者よ」

そして、ある少女と知り合い、会話をする。

「何を見てるの。」

彼女は僕の掌の中にある新聞の切り抜きを指さす。

「知ってるだろう。羽田での全学連と警官隊との大乱闘。」

少女は驚いたように咎めるように、僕の全身を見つめかえす。

「君、ゼンガクレン？　よしなさいよ、あんなの。馬鹿みたい、ひとり死んじゃったんだってね。かわいそうに。君、本当にゼンガクレン？　もっとも、君が何だって、あたしには関係ないことだけど。」

「市街戦のジャズメン」

ホイットマン、ダンスホール、「ゼンガクレン」、そしてアルジェリアの市街戦のイメージ。何もできない受験生の「僕」と、イノセントな少女との遭遇。この物語はどこにも向かわない。結末は来ない……。

再読するたびに、凄みを感じる作品だ。生半可な批評など許さない、不安と孤独の真っ只中で生きて、書こうとする、作家・佐藤泰志が誕生した、と私には思えた。

この作品が『北方文芸』に発表された68年の3月、彼は函館西高校を卒業し、函館で浪人生活に入る。

70年4月、國學院大學文学部哲学科に入学、上京する。

2 「初期作品」の時代（1970－80）

高校時代の2作、「退学処分」と「青春の記憶」を私が読んだのは、佐藤泰志の文学と原作映画についての論考のアンソロジーである『佐藤泰志 生の輝きを求めつづけた作家』の出版（福間健二監修、2014年2月、河出書房新社）以降のことだ。

この本に「佐藤泰志未刊行初期小説」として掲載されたことで、多くの人が初めてこの2作にふれることができた。私もそのひとりだ。

だが、同じく高校時代の作品である「市街戦のジャズメン」とは、1993年の8月、つまり佐藤泰志の作品群を集中的に読んだ時期、すでに出会っている。

この出会いにまつわるエピソードを少し紹介したい。私にとっては、宝物のような体験だ。

＊

93年8月、短編集3冊（『大きなハードルと小さなハードル』、『移動動物園』、『黄金の服』）と長編『そこのみにて光輝く』を読み終えた私は、妻の実家がある札幌に滞在していた。

ある日、北海道大学前の古本屋街に出かけた私は、この町なら佐藤泰志関連の書籍や雑誌が見つかるのではと考え、何軒かの古書店を探してみた。

期待していたような収穫をあげることができず、あきらめかけていた時、当時北大正門前にあった「サッポロ堂書店」という古書店に遭遇した。北海道・樺太・千島・シベリア・日露関係を中心とした北方関連文献の専門店だ。

おそるおそる、佐藤泰志の作品が掲載されているはずの『北方文芸』のバックナンバーについて主人に尋ねると、店頭には置いてないが書庫（倉庫）にはあると言う。

話しているうちに、主人が私の故郷・青森県弘前市にゆかりのある人だとわかり、しかも共通の知り合いの存在が明らかになり、書庫（倉庫）の探索を許してくれた。「揃い」の状態になっている『北方文芸』も、単品として売ってくれると言う。僥倖と言うべきか。

主人に案内され、暑い8月の書庫の中、創刊号から90年代のものまで、ひたすら『北方文芸』を探し続けた。それは幸福な時間だった。さまざまな偶然が重なって出現した、もしかしたら誰かによって引き合わされたのかもしれない、宝物のような時間。

こうして書庫の中から、佐藤泰志の小説8編が載っている『北方文芸』8冊を探し出した。

1968年3月号（「市街戦のジャズメン」掲載）
72年10月号（「奢りの夏」掲載）
73年9月号（「兎」掲載）

入手した『北方文芸』のバックナンバー

73年12月号（「遠き避暑地」掲載）
74年11月号（「朝の微笑」掲載）
76年8月号（「深い夜から」掲載）
79年3月号（「もうひとつの朝」掲載）
79年6月号（「颱風伝説」掲載）

この8冊と、68年1月号（創刊号）と90年12月号（『北方文芸』、佐藤泰志追悼号）、合わせて10冊を驚くほどの安価で譲ってもらった私は、幸福感に包まれながら店を出た……。

ずっとのち、2011年5月、河出書房新社から『**もうひとつの朝　佐藤泰志初期作品集**』（福間健二編集）が出版されるが、この作品集に収録されている10編のうち7編は、私が「サッポロ堂書店」で入手した作品である。『北方文芸』に掲載された小説群が「初期作品」としてどれだけ重要なものであったかを

示す証左であろう。

▼「初期作品」の時代

これらの作品を中心に、1970（昭和45）年から80（昭和55）年までの11年間をたどってみる。佐藤泰志21歳から31歳までの、最初の「東京時代」。とりあえず「初期作品」が書かれた時期、と認識しておこう。

70（昭和45）年、21歳。國學院大學文学部哲学科入学。東京都中野区上高田に住む。高校時代の友人たちと同人誌『黙示』創刊。最初のペンネームは神西隆四。詩とエッセイを書く。

71（昭和46）年、22歳。のちに結婚する漆畑喜美子と中野区上薬師で暮らし始める。同人誌『立待』創刊。『立待』に小説3編発表。

72（昭和47）年、23歳。国分寺市戸倉に転居。小説2編発表。

この2編のうち1編が、『北方文芸』72年10月号に発表された「**奢りの夏**」である。「奢りの夏」の主人公である語り手の「僕」は、大学の最終学年の夏休みの計画を立てている。それは、友人の逸郎とその恋人を連れて3人で「僕」の故郷（もちろんそれは函館を想定している）に帰り、一緒に夏を過ごすというものだ。

僕はもう自分の日常生活に関する無為や幻滅について考えなくてもすむ。僕はただ一つの計画、夏期休暇中、僕の生活を充実したものにさせずにはおかない計画について熱中すればいいのだ。

最終学年の最初の四カ月にすぎない生活が終る。夏期休暇はすでにはじまろうとしていた——

——「奢りの夏」

結局、この「僕」の計画は挫折するのだが、その挫折に至る過程が丹念に書き込まれている。のちの作品でもしばしば描かれる、男二人と女一人の三人の物語。そして、東京から故郷・函館へ向かう物語。佐藤泰志作品の原型が少しずつ造形されていく、と感じたのは私だけではないだろう。

73（昭和48）年、24歳。国分寺市内で転居を繰り返す。『立待』に3編、『北方文芸』に1編、小説を発表。

『立待』7号（73年7月）に発表された「兎」（『北方文芸』73年9月号へ転載）と、同じく『立待』8号（73年9月）に発表された「犬」。動物の描写の見事さは佐藤泰志作品の特質のひとつであるが、この立て続けに発表された二作は、それにとどまらないある種の「達成」のようなものが感じられる。

たとえば「兎」の冒頭。

兎が死んだ。それは、彼女が夕暮どきの市場で、思いがけず値段の安いレタスを見つけた日の夜だった。その季節に、そんな安い、新鮮で豊富なレタスを見つけたことで、彼女は陽気な気分になっていて、幸運なのだと思った。彼女はひどく疲れていたが、疲れの中心にいると感じなかったのはそのせいだった。その晩遅く、兎は死んだ。

「兎」

ひとつの寓話であり、かつ、ひとつの詩であるような作品。

あるいは、犬の幻影におびえる兄と、女と首をくくった弟の物語「犬」の描写。

夜明け近くその男が窓下を通った時も、かれはまだ眠れずにいた。男は遠くでなにか喚き散らし、それからゆっくり靴音が窓下に近づいてきた。窓下に来た時、男がさっき喚いた言葉をもう一度喚いた。**中野にはな、骨が流れてくるんだよ！** 骨？ かれはその言葉を乾いた咽喉でつぶやいた。骨？ しかし、男はそれ以上声を発しなかった。かれは蒲団のなかで男のあとを追っている自分に気づいた。

「犬」（強調は原文）

これもまた、寓話であり、かつ、詩である、としか言いようがない作品だ。この「達成」は、以後の作品につながっているのだろうか。

『北方文芸』73年12月号に発表された「**遠き避暑地**」では、前年の「奢りの夏」では故郷に帰れなかった主人公の「僕」（同じように東京で大学生活を送っているのだが）が、連絡船で故郷の街に帰ってくる。

夏のさかり、故郷の街は祭で賑わっていた。連絡船のアナウンスが、すでに海峡をすぎて湾に入っていると告げた時、僕は船室から案内所わきの階段をのぼり、一年ぶりの故郷の街を眺めた。連絡船は街の海峡側にたっている山を迂回して湾に入るのだった。街は強い光の底に曖味な輪郭を持って沈みこみ、僕はその市街で一週間の間続けられる開港を祝う夏の祭り、馬鹿騒ぎや泥酔、暴力沙汰や酒場街の狭く入りくんだ裏通りで、身体をすり寄せてくる女たちのことを考えていた。

「遠き避暑地」

中学の同級生だった静雄と再会した「僕」は、静雄にその恋人・礼子の相手をするよう頼まれ、彼が忙しい祭の期間中礼子と行動を共にする。

夏、男二人、そして女一人。何度も繰り返される三人の物語……。

ここまで、「初期作品」の時代を駆け足で追い続けているが、この時代の佐藤泰志のイメージの多くが福間健二著『佐藤泰志　そこに彼はいた』（２０１４年、河出書房新社）に拠っている。

この「初期作品」の時代、それは福間氏が佐藤泰志と現実に出会い、ともに生きてきた時代である。しかも、私が目にすることもできない膨大な未発表作品（それは、詩やエッセイを含む）は、福間氏の著作を通じてでないと、私たちはふれることはできない。

80年までは、福間氏の『佐藤泰志　そこに彼はいた』の力を借りて、必死にこの時期の佐藤泰志像をイメージしていきたい。

＊

74（昭和49）年、25歳。3月、國學院大學卒業。卒業論文は「神なきあとの人間の問題」。ニーチェである。

目次構成は次のようになっている。

序
第一章　その時代
第二章　キリスト教倫理観
第三章　神の死
第四章　ニヒリズムの克服
第五章　永遠回帰
終章

4月、国分寺市戸倉に戻る。創刊した『贋エスキモー』に1編、『立待』に1編、『北方文芸』に1編、小説を発表。

『北方文芸』74年11月号に発表された「**朝の微笑**」は、その後の「青春労働小説」を知る私たちにとってある種の「懐しさ」さえ感じられる作品だ。このようにして、佐藤泰志は生活を紡ぎ、日々の労働の細部を描写する術を磨き、作品へと結晶させていったのだ。

休憩時間になると僕らは道へでていって、レモンを投げる遊びを繰りかえした。それはただ卸売青果市場の建物の屋上にむかって、レモンを投げあげるだけの遊びだったが、僕と幹男は腕があつく痺れてしまうまで、互いに何度も何度もそれを繰りかえすのだった。それをしているあいだ、僕はいろいろのことを無駄に考えなくてすんだし、幹男にむかってひっきりなしに笑うこともできた。腕の痺れさえむしろ僕には気持ち良かった。

「朝の微笑」

職場という小宇宙の中で、登場人物たちの個性を書き分け、小さなドラマを積み重ねていく佐藤泰志。

75（昭和50）年、26歳。あかつき印刷に勤める。

76（昭和51）年、27歳。八王子市の都営団地に転居。『北方文芸』76年8月号に小説「深い夜から」発表（北方文芸賞佳作受賞）。
「**深い夜から**」は、特に気に入っている作品だ。その冒頭から、私たちを物語の中に引き込む。まるで映画のイントロのように。

電車のなかでもずっと握りしめてきた電報用紙を、息を切って地下道を駆けあがるとすぐに、明るい舗道に投げ捨てた。夏の、まだ静かな朝の舗道のうえで、きつくまるめられた電報用紙は、枯葉の触れあうようなかさかさ乾いた音をたてた。僕は転っていく電報用紙を立ちどまってちょっと見、それから足元にむかって唾を飛ばした。

「深い夜から」

主人公の働く職場は映画館。支配人、女性の同僚、アル中の映写技師……ああ、「私たちの好きな佐藤泰志」だ。

映画館はまだ表の扉を閉めきっていた。駅からここまでの五百メートルかそこいらの距離を全速力で駆け抜けてくれれば良かった。身体中から汗を吹きださせ、馬のように荒く息をついて、まるで急いでやってきたようにでも見せかければ良かった……お早ようございます、といつもの顔、毎朝作ってみせる顔をして、事務所へ入るとまず僕はいった。よお、と映写技師の源さんが、支配人と隣りあわせになっている僕の机に坐っていった。耳朶まで真っ赤だ。朝っぱらからもう飲んでいる。源さんに続いて、お早よう、ともぎりの民子もいきいきした声でいった。

同前

もう、「初期作品」という分類はふさわしくない。

▼「文壇」デビュー

77（昭和52）年、28歳。3月、自律神経失調症の診断を受ける。9月、国立市の一橋大学生協に勤める。『新潮』77年6月特大号に小説「**移動動物園**」発表（新潮新人賞候補作）。

「移動動物園」については第1章で紹介した。「青春労働小説」の到達点とも言える作品であり、ついに中央文壇に登場した記念碑的作品である。もちろん、もはや「初期作品」ではない。

78（昭和53）年、29歳。5月、長女誕生。10月、『贋エスキモー』をタイプ印刷であらためて1号から出版。『贋エスキモー』に小説1編および小説集を発表。

『贋エスキモー』1号（78年10月）に発表された「**光の樹**」の舞台は、函館である。

まだ大人たちの世界の仕組を垣間見ることさえ許されていなかった年齢の頃、この街を含む半島を襲った颱風のために、五隻の連絡船が沈没して千人の人間が死んだ。

「光の樹」

「洞爺丸台風」の記憶が刻まれた故郷・函館。そして登場人物は高校生の男2人と女1人。佐藤泰志の作品世界を構成する要素は揃っている。

79（昭和54）年、30歳。株式会社大崎という梱包会社に就職。12月、睡眠薬による自殺未遂。入院。

しかしこの年は、入院までに5編の小説を発表している。『北方文芸』に2編、『文藝』に1編、『幽玄』に1編、『贋エスキモー』に1編。

このうち、「**もうひとつの朝**」（『北方文芸』79年3月号）は、彼が住居としていた東京・国分寺市を舞台とする以後の一連の作品につながるものであり、「**颱風伝説**」（『北方文芸』79年6月号）は、前述の「光の樹」と同じように「洞爺丸台風」の記憶が刻み込まれた、故郷・函館の幼年期を題材としたものであり、「**ディトリッヒの夜**」（『幽玄』2号、79年8月）は、上京前の函館の浪人時代を題材にしたものである（『文藝』79年7月号に発表された「草の響き」については後述）。

もう、81年の「きみの鳥はうたえる」までは少しだ。

80（昭和55）年、31歳。1月、長男誕生。自らは、1月、自殺未遂による入院から退院。「**もうひとつの朝**」、作家賞を受賞。『北方文芸』に、小説1編発表。

前述したドキュメンタリー映画『書くことの重さ　作家 佐藤泰志』には、この11年間（1970－80）についての数々の貴重な証言が含まれている（この時期についてだけで7人）。この、友人たちや関係者の談話で構成された11年間は、次のようなものだ。

大学に入学し、函館西高校時代の友人たちと同人誌『黙示』創刊。しかし、文学志向の佐藤泰志は高校の後輩たちと別の同人誌『立待』創刊（学生時代の彼はこの『立待』に没頭）。『北方文芸』への作品掲載。作家になることを両親に宣言。就職試験、市役所15カ所不合格。卒業。アルバイトを転々とする日々。

「**深い夜から**」北方文芸賞佳作と作家・澤田誠一のバックアップとアドバイス。同人誌仲間への、精神の不調を訴える葉書投函。大学生協でのアルバイト（調理員）。三里塚闘争への関わり。「**移動動物園**」、新潮新人賞候補に。「**もうひとつの朝**」、作家賞（優秀な同人誌掲載作品に与えられる）受賞。「**草の響き**」、『文藝』に掲載。

81（昭和56）年、佐藤泰志は東京から函館に向かう。

3　最後の10年間（1981－90）

いよいよ最後の10年間についての記述に入る。
自死に至る10年間の作品の多くについては、すでに第一章で詳しく見てきた。ここでは、年譜に沿った簡潔な記述にとどめる。

1981（昭56）年、32歳。3月、函館市に転居。5月、職業訓練校の建築科に入る。ここで大工になるための訓練を受けるが、この体験がのちの「**オーバー・フェンス**」（85年）の設定・描写につながっていく。

『北方文芸』81年2月号に小説「**撃つ夏**」発表、『贋エスキモー』3号（81年8月）に童話「**チエホフの夏**」発表。そして『文藝』81年9月号に小説「**きみの鳥はうたえる**」を発表。この作品が、自身最初の芥川賞候補作となる。

「きみの鳥はうたえる」以降の芥川賞選考における佐藤泰志作品の評価については、第一章で紹介した。また、この作品そのものについては次の第三章で詳述する予定である。しかし、函館在住（わずか1年間だ）の間に起こったこの「事件」が、作家を目指した彼の人生の中で最も大きな出来事のひとつだったことは容易に想像できる。

少し、81〜82年函館の佐藤泰志像を思い描いてみよう。

▼函館の佐藤泰志

ここで再び、ドキュメンタリー映画『書くことの重さ　作家 佐藤泰志』（2013年）に登場してもらう。この映画の冒頭の三十数分は「第一章 きみの鳥はうたえる」と題され、再現映像と当時取材を担当した記者たちの証言で、82年1月の佐藤泰志を描いている。

函館に帰ってきたのが81年3月。大森浜の啄木小公園にほど近い函館市宇賀浦町に住み、5月から職業訓練校に通い始める。私たちは「オーバー・フェンス」（85年）の叙述からその生活の一部を推測しようとするが、もちろん現実と小説は別物だ。

母の体調不良を理由とするUターンによって始まった函館生活。映画では母の語りという形で（この加藤登紀子が実にいい！）、父母が青函連絡船を利用してコメの担ぎ屋で一家の生計を立てていたことや洞爺丸事件の記憶が語られ、函館朝市の映像が挿み込まれる（そこには内地米、つまり黒石米の店を手伝う佐藤泰志本人の映像も含まれている）。

そして82年1月。函館市内の書店に平積みされた『文藝』9月号（「きみの鳥はうたえる」掲載号）、「家族とともに故郷でやり直したい」と語る泰志、芥川賞選考会の様子……これらの再現映像の中に挿入される、当時の記者たちの目に映った泰志像（真摯に文学に取り組む青年像だ）の証言。

この章の終わりは、実家（大森町）で芥川賞選考結果を待つ泰志と母と記者たちの姿の再現映像。

落選を伝える電話の後、母に「東京に戻る。小説を書いて家族を養う」と決意を話す泰志。

こうして、佐藤泰志は再び東京に向かう。

▼芥川賞、三島賞の候補、そして死

82（昭57）年、33歳。3月、函館から東京に戻り、国分寺市日吉町四丁目に住む。3月、『**きみの鳥はうたえる**』出版（河出書房新社）。『新潮』82年10月号に小説「**空の青み**」発表（芥川賞候補作）、『文藝』82年10月号に小説「**光る道**」発表。

83（昭58）年、34歳。『現代・性教育研究』83年2月号に小説「**鳩**」発表、『新潮』83年6月号に小説「**水晶の腕**」発表（芥川賞候補作）、『文學界』83年9月号に小説「**黄金の服**」発表（芥川賞候補作）。

84（昭59）年、35歳。5月から『日刊アルバイトニュース』にエッセイ「**迷いは禁物**」連載（週1本、85年6月まで56回）。同じく5月、国分寺市日吉町三丁目に転居。次女誕生。『新潮』84年3月号に小説「**防空壕のある庭**」発表、『文藝』84年6月号に小説「**美しい夏**」発表、『オーバー・フェンス』7号（84年9月）に小詩集「**僕は書きはじめるんだ**」発表。

85（昭60）年、36歳。『文藝』85年3月号に小説「**鬼ガ島**」発表、『文學界』85年5月号に小説「**オーバー・フェンス**」発表（芥川賞候補作）、『文藝』85年9月号に小説「**野栗鼠**」発表、『文學界』85年11月号に小説「**風が洗う**」発表、『文藝』85年11月号に小説「**そこのみにて光輝く**」発表、『オーバー・フェンス』9号（85年11月）に詩「**そこのみにて光輝く**」発表。

86（昭61）年、37歳。『文學界』86年6月号に小説「**もうひとつの朝**」発表。

「もうひとつの朝」は、『北方文芸』79年3月号に発表されその年の「作家賞」を受賞、雑誌『作家』80年3月号に転載された作品だが、手直しを加え『文學界』に再発表された。これがトラブルを引き起こし、新聞に取り上げられるスキャンダルとなった。佐藤泰志は、「事実上、文芸ジャーナリズムから干された」と意識していたという。

この年、アルコール中毒がひどくなる。

87（昭62）年、38歳。『文藝』87年12月号に小説「**大きなハードルと小さなハードル**」発表。

88（昭63）年、39歳。『防虫ダンス』4号（88年1月）に小説「**海炭市叙景　1まだ若い廃墟　2**

青い空の下の海」、『防虫ダンス』5号（88年5月）に小説「**海炭市叙景　3冬を裸足で**」発表。
「海炭市叙景」連作はここで打ち切られ、以後『すばる』に最初から掲載されることになる。
『すばる』88年11月号に小説「**海炭市叙景**」発表、『文藝』88年冬季号に小説「**納屋のように広い心**」発表。

88年は、テレビドラマの時評も執筆している。共同通信社配信で、全国の地方紙に月1回のペースで「**放送時評**」（または「**テレビ時評**」）として掲載された（88年4月〜89年3月）。

私も青森県の地方紙『東奥日報』のバックナンバーから10編の「放送時評」を探し出すことができた。

NHKのドラマを取り上げた「ノンちゃんの夢」（88年5月）、TBSのドラマを取り上げた「パパは年中苦労する」（88年6月）、NHKのドラマを取り上げた「親の出る幕」（88年7月）、日本テレビのドラマを取り上げた「恋人も濡れる街角」（88年8月）、フジテレビのドラマを取り上げた「見えない絆」（88年9月）、TBSのドラマを取り上げた「四万十川—あつよしの夏」（88年10月）、日本テレビのドラマを取り上げた「女優時代」（88年11月）、NHKと日本テレビのドラマで主演した桃井かおりを取り上げた「ドラマ2本に主演の桃井」（88年12月）、NHKのドラマを取り上げた「逃亡者」（89年1月）、日本テレビのドラマを取り上げた「夢を追う女」（89年3月）……以上10編の批評は、どれも軽やかで的を射たものであると、現在の地点から見ても思われる。「私たちの知らない佐藤泰志」ではあるが、「面目躍如」という言葉も思い浮かぶ。

89（平1）年、40歳。1月、妹・由美が急死。彼の作品に登場する「妹」の「原型」（現実と小説は別物だとわかってはいるが、読者としてはそう思ってしまう）。

『すばる』89年3月号に小説「**闇と渇き**（**海炭市叙景2**）」発表。

3月、『**そこのみにて光輝く**』（河出書房新社）出版（三島賞候補作）。

『すばる』89年5月号に小説「**新しい試練**（**海炭市叙景3**）」発表、『群像』89年5月号に小説「**裸者の夏**」発表、『すばる』89年9月号に小説「**春**（**海炭市叙景4**）」発表。

9月、『**黄金の服**』（河出書房新社）出版。

『文藝』89年冬季号に小説「**夜、鳥たちが啼く**」発表。

90（平2）年、41歳。10月10日、自宅近くで死体となって発見される。

『すばる』90年1月号に小説「**青い田舎**（**海炭市叙景5**）」発表、『すばる』90年4月号に小説「**楽園**（**海炭市叙景6**）」発表、『文藝』文藝賞特別号（12月）小説「**星と蜜**」発表、『文學界』90年12月号に小説「**虹**」発表。

91（平3）年。

2月、『**移動動物園**』(新潮社)出版。
3月、『**大きなハードルと小さなハードル**』(河出書房新社)出版。
12月、『**海炭市叙景**』(集英社)出版。

この後、少しずつ、彼は忘れられていく。

第三章

再発見・再評価から映画化へ

1　ついに「きみの鳥はうたえる」に出会う

２００６年。私が佐藤泰志作品と出会い集中的に読み進めた１９９３年の夏から、十数年の歳月が流れていた。この年、私にとっては大きな出来事があった。

実は、刊行されていた6冊の作品・作品集のうち、93年時点でどうしても手に入らない1冊があった。82年に出版された最初の単行本『**きみの鳥はうたえる**』である。『文藝』に掲載された表題作「きみの鳥はうたえる」（81年）と「草の響き」（79年）の2作を収録したこの書籍（さらに「きみの鳥はうたえる」掲載の『文藝』81年9月号）について、古書店に問い合わせるなどしたが入手することはできなかった。

長い間そのことが心残りになっていたが、いくつかの図書館の蔵書検索によってこの本の題名と再び出会い、ついに読むことができた。

2作のうち、「**草の響き**」は次のように始まる。

その六月、どんなあてもなかった。雨ばかり降っていた。たまに晴れ間が覗いても長続きしなかった。

雨は視野を切り裂くみたいだった。彼は濡れたランニングシューズで、アスファルトを蹴り続けた。

「草の響き」

主人公の「彼」は、印刷所の文選の作業場で1年間活字ケースに新しい活字を埋めていく仕事を続けていたが、仕事ができなくなっている自分を発見し、神経科の医者の診断を受ける。医者が下した病名は自律神経失調症。医者は「彼」に走ることを強く勧め、その晩から「彼」は走り始めた。数少ない友人のひとり「研二」と、「彼」のランニングコースにたむろする暴走族の一団。閉じられた空間の中の限られた人間関係。走り続ける「彼」。

実生活においても佐藤泰志は「自律神経失調症」の診断を受け、治療のためマラソンに打ち込む日々を経験している。私たちは、つい小説の背後に佐藤泰志の実像を見ようとしてしまうが、あくまでもこれは小説だ。

さて、「**きみの鳥はうたえる**」である。佐藤作品の中で最初の芥川賞候補作であり、『日本現代小説事典』（2004年、明治書院）に唯一取り上げられ、多くの人が彼の代表作と呼ぶこの作品は、どのような小説なのか。

まず、今となってはあまりにも有名になってしまった書き出しの部分を見てみよう。

チャーリー・ミンガスが死んで少したってから、追悼のレコード・コンサートを徹夜でやったことのあるジャズ喫茶の前で、静雄とわかれた。あいつは保険会社に勤めている兄に泣きついて金を借りる算段をしていた。春までやっていた仕事の失業保険が先月で切れたからだ。今夜は帰らないかもしれない、といったとき、鍵はあけておくよ、と僕はいった。僕らは、じゃあ、といってわかれた。

「きみの鳥はうたえる」

素敵な書き出しだ。第一章で見た、最初の一行から読者をその世界に引き込んでいく佐藤泰志の魅力が凝縮されている。

この作品と出会った2006年、私は出会えた興奮そのままに「佐藤泰志、きみの鳥はうたえるか？」と題した文章を綴り、友人たちに向けた個人通信で紹介した。次のような内容だ。

「きみの鳥はうたえる」の主要な登場人物は３人。本屋の店員の「僕」と、同じ店で働く佐知子、「僕」と同居する失業中の静雄、21歳の３人の共同生活ともいえる夏の日々が描かれる。ジャズ喫茶、ビートルズへの思い、深夜映画館、若者がたむろす酒場……70年代そのもののような舞台設定の中、出会い・揺れ動く心・別れの予感・あやうい友情といった「青春小説」のすべての要素が詰め込まれたこの作品は、青春を描き続けた佐藤泰志の一つの到達点といえる。女１人に男２人という「黄金の組み合わせ」によるストーリー展開は他の佐藤作品に比べてもリズミカルで、思わず映画化されたものを観てみたいという誘惑に駆られてしまう。

圧倒的な読後感だった。佐藤泰志文学のもうひとつの魅力である、人と人との出会い、とりわけ男と女の出会いの描写も申し分ない。少し長い引用となるが、次の描写は間違いなく、日本の文学史上屈指のシーンのひとつだ。

夜は電気も消え、ネットを張ったままの卓球台が、暗がりにぼんやり見える私設の卓球場の角で、佐知子と店長にばったりあった。仕方がないので、今晩は、と僕はいった。

「なぜ無断欠勤をしたんだ？」

店長は脇に挟んであった映画雑誌を見ていった。そして鼻で笑ったが、佐知子は黙って、卓球場の暗いガラスのほうを見ていた。明日はでてくるのか、と店長がきいたとき、僕はそのガラスに映っている佐知子の歪んだ顔に視線をやっていた。

「どうなんだ?」

僕は殴ってやりたかった。ふたりが立ち去りかけたとき、すれちがいざまに、佐知子が腕を伸ばして肘に触ってきた。なにかささやくときのように目の隅で僕を見たので、ひとりになってからも僕は卓球場をのぞいて、そこにいた。そんなふうに、親しくもない女を待つのは、はじめての体験だった。勘ちがいかもしれない、と思ったので、数を数えて一二〇になったら消えようと考えた。こいつは賭けだ、といいきかせた。六二、六三、と数えて、そわそわした。百を越えたとき、あきらめかけて煙草を靴底でもみ消した。とんだお笑いだ。顔をあげると、ガラスに走ってくる佐知子が映った。一二〇まで数え終ってから僕はふり返り、すると佐知子は駆けながら笑いかけてきたようだった。

心が通じたわ、と着くなり息をはずませていったので、かわいい女だな、と僕は思った。


「きみの鳥はうたえる」

そして私にとって、この小説との出会いは大きな意味を持つものとなった。彼の主要な作品の系譜がようやくつながったというだけでなく、一見救いようのない状況を描いているかのように見える彼の作品の中に、一筋の光明のように出現する「希望」の存在を再確認できたということで。「きみの鳥はうたえる」の結末も悲劇的で絶望的ではあるけれど、それらすべてを「希望」に変えるものの存在を感じさせた。

しかし、佐藤泰志の軌跡を追いかけながら、私はもどかしさも感じていた。彼の新作にもう出会えないからだけではない。彼の著書はすべて絶版で、書店で眼にすることは出来ない。したがって、何らかの形で人々に彼の作品を手にとってもらわなければ、まるで私が架空の作家について書いているかのように自分でも錯覚してしまいそうになるからだ。たとえば『大きなハードルと小さなハードル』に収録されている「納屋のように広い心」に登場する青函連絡船待合室や青森市の駅前旅館の描写について、あるいは『そこのみにて光輝く』の舞台となっている「函館」（それは私たちが知らない「函館」だ）について、あるいは『海炭市叙景』を映画化した場合のイメージについて、あるいは佐藤作品の辻仁成への影響について（佐藤は辻の高校の先輩にあたる）、私は人と語り合いたいと痛切に思っていたが、語り合える人はごく限られていた。

十数年間で、佐藤泰志はさらに忘れられてしまっていたのだ。

「佐藤泰志」を探してほしい。図書館で、インターネットで、さらに可能性は乏しいが、古本市場で。そう呼びかけてはみたが、佐藤泰志はこれから「忘れられた作家」になるだろう。私はそう思っていた。

何かの奇跡が起きない限り……。

2 『佐藤泰志作品集』刊行

２００７年秋、佐藤泰志の全集が出版されるという情報が流れた。それまで、文庫化を要望する運動の流れなどを時おりインターネットで追いかけていた私は、少し動揺して「佐藤泰志作品集」で検索してみた。その結果、次のような記事を見つけた。これがすべての発端である。

それは、07年9月20日付のあるブログの次のような内容の記事だった。

ブログの筆者は、缶ビールを持って「図書出版クレイン」を訪ねる。「クレイン」の社長「文さん」は、「来月（つまり10月）」出版する『佐藤泰志作品集』の追い込みに入っていることを筆者に告げる。「文さん」は、この本に対する思い入れを語り、佐藤泰志の奥さんと長男に会ってきたことを筆者に報告する。

これだけでひとつの短編小説のような実にいい文章なのだが、私はこの記事で「作品集」が世に出ることを知った。

そして、07年10月9日（佐藤泰志の命日である）、『佐藤泰志作品集』全1巻は刊行された。

『佐藤泰志作品集』は、四六版ハードカバー・６８８ページ・二段組・３３００円（税別）、手にずっしりと重みを感じる堂々たる一冊である。

『佐藤泰志作品集』（クレイン）

収録作品は小説が10編（括弧内は雑誌発表年）。「**海炭市叙景**」（1988－90年）、「**移動動物園**」（77年）、「**きみの鳥はうたえる**」（81年）、「**黄金の服**」（83年）、「**鬼ガ島**」（85年）、「**そこのみにて光輝く**」（85年）、「**大きなハードルと小さなハードル**」（87年）、「**納屋のように広い心**」（88年）の主要8作品と単行本未収録の「**星と蜜**」（90年）、「**虹**」（90年）の2作品、これで彼の小説世界のほぼすべてが見通せる構成だ。これにエッセイ7編と詩6編が加わり、福間健二による解説・詳細な年譜・著作目録、さらに佐藤作品にこだわりを持つ4氏によるエッセイが載った折り込み付録。そして装画は読者にはおなじみの高専寺赫。

ずっと復刊を待ち続けてきた読者（さらには未来の読者）にとって、ほとんど夢のような内容の作品集である。定価の3300円＋税も、古書市場での佐藤作品の価値を知っている者には決して高くはない。

「図書出版クレイン」は、社長の文弘樹氏がひとりで編集長と営業マンを兼ねる小さな出版社だという。過去に加藤典洋やエドワード・サイードの著作を、少し前には『金鶴泳作品集』を出版していた。

待ちに待った、佐藤泰志の「復活」。興奮を隠しきれない、高揚した気分になっている私がいた。本が出版され、そして私が購入してからしばらく時間が経過してからも、まだ私はある種の興奮状態のままだった。

たとえば、かつて私は次のように感じていた。彼の著書はすべて絶版で、書店で眼にすることは出来ない。したがって、何らかの形で人々に彼の作品を手にとってもらわなければ、まるで私が架空の作家について書いているかのように自分でも錯覚してしまう。

また、自らの古書店での佐藤泰志探しの体験を友人たちに語り、公共図書館の蔵書状況を知らせ、皆に読んでほしいと呼びかけた。佐藤泰志について語り合おうと呼びかけた。

ようやく、「もどかしさ」を払拭する条件が、人々と語り合うための条件が、整った。それも唐突に。

「17年ぶりの再デビュー」だった。

10月に出版されてから、さまざまな反響をインターネット上で確認することができた。いずれもこの出版をひとつの「事件」として紹介し自分の思いを語っているが、その語り口は一様にあたたかく、版元を応援したいという気持ちがあふれているものばかりであった。
その中には佐藤泰志の家族の言葉（それは出版への感動を伝えるものだ）もあり、ここからもうひとつの物語が始まる予感すら感じさせた。

▼反響

では、メディアはどのように伝えたのだろうか。各新聞社の「書評」欄を中心に、その取り上げ方について紹介しておく（掲載順、すべて２００７年）。

10月9日、『作品集』発売日に佐藤の故郷のメディア『北海道新聞』が紹介記事を載せる。「近年評価が高まっていたが、作品はすべて絶版となっており、没後十七年で初めて、その業績が見渡せるようになる」。

10月25日、『朝日新聞』。「小さな出版社が、大きな仕事をしている」。（加藤典洋〈文芸時評〉）

11月13日、『読売新聞』。「どこへ向けてよいか分からない青春のエネルギーや鬱屈を描き出した抑制された筆致は、深い共感を今も多くの人に抱かせるだろう」。（「きみの鳥はうたえる」について）

11月18日、『朝日新聞』。「入手がきわめて難しい著者の作品を、なんとかして新しい読者へ手渡したいという、小さな出版社の志を感じる1冊」。

11月24日、『東京新聞』。「価値が正当に認められない作家を復活させる仕事には誇りを持っていい」。

11月26日、『毎日新聞』。「その小説集の大部分は、絶版、品切れとなり、長らく、新しい読者が産まれてこないことが、佐藤泰志のファンとしては物足りなかったのだが、ここにようやく彼の小説が再び日の眼を見ることになったのである」（川村湊。なお、川村湊は『文學界』２００８年１月号にも書評を載せている）。

12月２日、『西日本新聞』。「いい作品を書いた者は、こうしていい作家として、生き返ってくるのだな」（佐藤洋二郎。なお、佐藤洋二郎は佐藤泰志と同年齢ということで、彼をつねに意識していたという）。

12月９日、『北海道新聞』。「よくぞ復刊してくれた。……中上健次や村上春樹とほぼ同じ世代になる。……青春を描いた小説が多い。はなやかな青春とはいえない。社会の隅のほうで不器用に生きる若者たちのくすんだ日々が思いを込めて描かれてゆく。中上健次のように荒々しくはない。村上春樹のスマートさもない。……」（川本三郎。なお、川本三郎は２００６年12月に出版した『言葉のなかに風景が立ち上がる』の中で、佐藤の「海炭市叙景」を取り上げている）。

12月16日、『朝日新聞・北海道版』。「日曜ラウンジ」というコーナーで「芥川賞候補５回、函館の佐藤泰志」、「没後17年、ふたたび脚光」、「生活者の視点に共感／作品集出版」の見出しとともにかなり詳しく紹介されている（函館支局・芳垣文子記者）。関係者へのインタビューも多方面にわたり、とりわけ生前から交流があった詩人福間健二（今回の『作品集』の解説も担当）の「賞を取れなかったのは運の悪さもあるが、彼の真価を見抜けなかったジャーナリズムの側にも問題がある」という言葉が印象に残る。

この出版によって待望の文庫化も進行する。

『佐藤泰志作品集』出版から3年間、彼の作品はこの作品集でしか読めない時期が続くが、2010年10月、『海炭市叙景』が小学館文庫に登場する（のちに詳述するが、10年11月映画『海炭市叙景』函館ほかで先行上映、12月全国公開。この映画公開に照準を合わせた出版で、帯には映画のスチール写真と上映情報が載せられている）。文庫版『海炭市叙景』は、『本の雑誌』増刊「文庫王国2010-2011」誌上で、「本の雑誌が選ぶ2010年度文庫ベストテン」3位に選ばれている。それなりの評判を獲得したことがわかる。

続く11年、残る5冊の書籍も次々に文庫化される。『移動動物園』（11年4月、小学館文庫）、『そこのみにて光輝く』（11年4月、河出文庫）、『黄金の服』（11年5月、小学館文庫）、『きみの鳥はうたえる』（11年5月、河出文庫）、『大きなハードルと小さなハードル』（11年6月、河出文庫）。

こうして6冊の単行本がすべて文庫化され、人々が書店で普通に入手できる環境が整った。ついに、「再発見」から「再評価」の時代がやってきたのだ。

▼ドラマのような刊行経緯

２０１４年に出版された、佐藤泰志についてのアンソロジーともいうべき書籍『佐藤泰志　生の輝きを求め続けた作家』（前出）の中に、「クレイン」代表・文弘樹氏のインタビューが掲載されている（「金鶴泳がいて、佐藤泰志がいた」）。

「作品集」刊行の経緯や読者の反響、お勧めの佐藤作品などについて、金鶴泳作品と佐藤泰志作品の比較（「クレイン」は、04年と06年に『金鶴泳作品集』を刊行している）を交えながら文氏が語るこのインタビューの内容は、私たち読者にとっては貴重なものである。なにしろ、「なぜ作品集を刊行したか」という私たちにとって一番知りたい事柄が語られているのだ。

インタビュー記事によれば、文弘樹氏は学生時代から佐藤泰志の存在を知っていたが、『移動動物園』を購入した程度。そのストーリーよりも、小説の舞台・国分寺あたりに親近感を持った（文氏は隣の小金井に住んでいた）という。

その彼は、『金鶴泳作品集』刊行後、新聞記者や文芸評論家からの高い評価や一般読者からの熱心な感想を受けて、次のように考えるようになった。

私自身が読みたい作品については、私と同じように読んでみたいと思っている読者が必ず存在する、ということを確信したんです。

この確信から「作品集」出版に至る過程も、ドラマのようだ。

金鶴泳作品集の刊行をきっかけにして、その後、実際にそうした新聞記者や文芸評論家の方々とお会いする機会がうまれました。そして、その折には必ずこう質問されるんですね。「ところで文さん、次は誰の作品を復刊しようとしているの?」。その質問に対しては、逆に、いつもこう問うていたんです。「~さんなら、誰の作品を復刊したいですか?」とね。会う人ごとにそんな会話を交わしていると、あるときたまたま二人の方から「佐藤泰志」という名前が立て続けに出てきたんです。一人は、共同通信の文芸記者の小山鉄郎さん。そしてもう一人は、『三田文学』に文章を寄せたこともある三〇代の小説家志望の若者である川口正和さん……

同前

ふたりの声に刺激された彼は佐藤泰志作品をあらためて読み直し、そのおもしろさに気付く。とりわけ『海炭市叙景』に強烈なインパクトを受けた彼は、作品の復刊を具体的に考え始める。

こうして出版にこぎつけた『佐藤泰志作品集』の中で、文氏は遺作の「虹」（1990年）を「お勧めの一作」とする。この作品集にだけ収録された「虹」は、現状（故郷）から逃げようとする主人公を描いているが、その主人公のあり方と金鶴泳作品の主人公の姿を重ね合わせ、佐藤泰志における「生の肯定」（それは『海炭市叙景』にもいえるのだが）を「発見」したのだと、彼はいう。

そして、「地味な純文学」の「幻の作家」という扱いを受けていた佐藤泰志の全体像を作品集で示すことによって（詩やエッセイも収録している）、作品のイメージを更新できたことが喜びだった（特に、三〇代の読者の反響を喜びと感じた）と語る。

それに続く次の言葉は、私たちも大いに納得するところだ。

一九九〇年に亡くなった作家の作品が、死後一七年目に復刊され、その中の二本の作品が映画となり、作家のドキュメンタリーもできる。これまで品切れだった単行本もすべて文庫化され、デビュー以前の小説も『佐藤泰志初期作品集』として刊行される。そんなこと誰が予想できたでしょうか。そもそも私自身が驚きなんですから。こうした流れは文学史上において稀有なケースだと思います。その流れの始発点に『佐藤泰志作品集』がある。そのことが、クレインという出版社が誇ることのできる唯一の自慢です（笑）。

同前

3　映画『海炭市叙景』

２０１０年12月18日、函館市民によって作られた佐藤泰志原作の映画『海炭市叙景』が全国公開された。基本データ（抄）は次の通りである。

『海炭市叙景 Sketches of Kaitan City』
監督：熊切和嘉
脚本：宇治田隆史
原作：佐藤泰志
出演者：谷村美月、竹原ピストル、加瀬亮、三浦誠己、山中崇、南果歩、小林薫
音楽：ジム・オルーク
撮影：近藤龍人
照明：藤井勇
録音：吉田憲義
美術：山本直輝
編集：堀善介

製作会社：映画「海炭市叙景」製作実行委員会
配給：スローラーナー
公開：２０１０年12月18日
上映時間：１５２分

その全国公開に先駆けて、２０１０年11月27日、私は函館で始まった先行上映に妻と駆けつけた。弘前を朝早く出て、特急列車で海峡を渡り、午前10時49分函館着。奇跡的に天気は晴れ。駅前のホテルに荷物を預け、市電で五稜郭エリアに向かう。揺られること20分弱、市電を降り地図をたよりに、71席の小さな劇場、市民映画館「シネマアイリス」を目指す。10分ほど歩いただろうか。ついにたどり着いた、『海炭市叙景』先行ロードショー。

チケットとパンフとシナリオを慌ただしく買い込み、手刷りの「海炭市通信・号外」とアンケート用紙を受け取り、ホットコーヒー（「水花月茶寮」の）をすすりながら、その日2回目の開始を待つ。やがて、整理番号順に2列に並んだ私たちの横を、９時20分開始の1回目の観客たちが通り過ぎ、入れ替わりに私たち2回目の観客が入場。

12時ちょうど、映画は始まった。

ほとんどが函館市民と思われる観客に囲まれ、私（たち）は次第に映画の世界に没頭していく。ああこれは、まぎれもなく最初に読んだ時から私が頭の中に描いていた映像だ。

© 2010 佐藤泰志／「海炭市叙景」製作委員会

映画『海炭市叙景』には、原作の全18篇の中から5篇が選ばれ映像化されている。もちろん原作と全く同じ物語ではなく、新たな人物も登場するし、設定も少しずつ違っている。しかし、この映画はやはり佐藤泰志の『海炭市叙景』なのだ。最初の数分で、それを確信した。

冒頭を飾るのは、原作と同じで「**まだ若い廃墟**」。造船所の職を失った兄（竹原ピストル）とその妹（谷村美月）が初日の出を見るために〈函館山〉に登る、哀切極まりない物語だ。このエピソードが、小説と同じく映画全体を貫く柱となる。

続く「**ネコを抱いた婆さん**」。産業道路沿いに住み、立ち退きの説得を拒み続けるトキ婆さん（中里あき）の存在感は圧倒的だ。

3番目は「**黒い森**」。プラネタリウムで働く夫（小林薫）と水商売を続ける妻（南果歩）、さらには中学生の息子の三人家族の絆が失われていく物語。その絆は、かつてたしかにあったのだ。

4番目は「**裂けた爪**」。父親からガス屋を継いだ若社長（加瀬亮）の日々の苛立ちが描かれる。うまくいかぬ新事業、再婚した妻の息子への虐待。ある日彼はガスボンベを足の指の上に落としてしまう。

5番目は「**裸足**」。長年路面電車の運転手を務めてきた男（西堀滋樹）と、仕事で東京から帰ってきていた息子（三浦誠己）。あえて会わずにいた父と子は、墓参りでばったり会う。

最後に、これらのエピソードが「**海炭市の物語**」という大きな物語の中に包摂されていくのだが、まだ映画を観ていない人のためにこれ以上の説明は避けるべきだろう。

原作とは違う構成だが、つながりあう5つの物語から、佐藤泰志が作品に込めた思いが伝わってくる。さらに、この映画製作を実現させた人々や、熊切和嘉監督たちスタッフの思いも。

熊切監督の作品は『空の穴』（2001年）と『ノン子36歳（家事手伝い）』（08年）の2本を観ただけだったが、大いに注目していた監督だった。特に『空の穴』の風景と時間の流れ方が好きで、今回熊切監督とそのスタッフ（近藤龍人が撮影を担当した作品には衝撃を受け続けている）を起用したことは、ひとりのファンとしてぞくぞくするものを感じた。

▼「佐藤泰志」を映画にする

この映画が出来上がるまでの流れを、公式サイトや制作過程で発行された通信・パンフ類、のちに関係者が語った言葉等から再構成してみる。

2008年12月、函館のミニシアター「シネマアイリス」支配人・菅原和博氏が映画化を発案する。これが始まりである。

08年夏、名前だけは知っていた佐藤泰志の作品『海炭市叙景』を『佐藤泰志作品集』で初めて読んだ菅原氏は、最初の短編「まだ若い廃墟」に衝撃を受ける。その衝撃をのちに次のように語っている（前出のアンソロジー『佐藤泰志 生の輝きを求め続けた作家』中のインタビュー「佐藤泰志文学を映画にする」)。

これはすごいな、と。とてつもない発見でした。読んでみると海炭市とは函館の話なんだということに気がついて。どんどん引き込まれ、本当に一晩のうちに『海炭市叙景』を全部読んでいました。読んでいる途中から、映像が浮かんできました。自分が暮らしている函館という町をテーマに描いているということで、僕の頭の中でどんどん映像が膨らんでいったんですよね。ロバート・アルトマンの『ショート・カッツ』というレイモンド・カーヴァーの短編集をもとにロサンジェルスを描いた映画がありますが、あのようなチェーン・ストーリーの映画になるんじゃないかと思いました。海炭市という町に生きている人々を描きながら、最終的には「町」を描いていくという、スケール感のある映画をつくれるんじゃないか、と妄想が膨らんできました。

「佐藤泰志文学を映画にする」

その後、「クレインの文さん」を招いた函館のシンポジウムに集まった人たちの熱気に勇気づけられた菅原氏は、「もしかしたらこの方たちと一緒に手を組めば映画をつくれるかもしれない」と思うようになる。

09年1月、北海道帯広出身の熊切和嘉監督が本作の監督を承諾。有志による製作実行準備委員会発足。

この監督決定に至る経緯についても、インタビューの中で菅原氏は詳しく語っている。「佐藤泰志映画誕生伝説」といっていい資料なので、少し長い引用になるがお許し願いたい。

その年の暮れに、シンポジウムを主催した「ルネサンスの会」の代表の西堀滋樹さんに会って、「一緒に『海炭市叙景』を映画にしませんか」という話をしました。同じころ、函館で毎年行われているイルミナシオン映画祭という映画祭があって、その年、そこに熊切和嘉監督がゲストとして函館に来られたんですね。僕はその当時、バーをやっていたんですが、店に熊切さんと何人かの東京から来たゲストの方が来られて、映画談義をしたら、熊切さんの映画の好みと僕の好みが非常に近いことを知りました。翌日、シネマアイリスに彼が映画を観に来てくれました。そのあと昼飯に誘って、食事をしながら、なんとなく彼に「実は佐藤泰志という作家がいて、これこれこういう小説があるんだけれど」と最初の「まだ若い廃墟」の兄妹のストーリーをちょっと話して、「それをロバート・アルトマンの『ショート・カッツ』のように少しずつ繋がったオムニバス風群像劇としてつくりたいんだけど、どう思う?」みたいなことを振ったんですよね。そしたら、それまでぼそぼそ喋っていた彼が急にパッと顔を上げて、目もキラッと光るような感じで、「その小説をぜひ読みたい。すぐ入手できませんかね」ということになって、一緒に車に乗って函館市の文学館に行きました。そこで彼はクレインの『佐藤泰志作品集』を買ってくれて、映画祭期間中に読んでくれたんですよね。そして東京へ戻る前日にまた会ったら「ぜひこれ、僕に監督させてくれませんか。こういう映画をずっと撮りたかった」といってくれました。僕も彼にお願いすることにしました。同じ北海道人の熊切さんに監督が決まり、年が明けて西堀さんから「じゃあ一緒にやりましょうか」という返事をもらって映画化に向けて動き出しました。

同前

▼実行委員会設立から上映まで

09年2月、函館市民有志による製作実行委員会設立。「市民参加型の映画づくり」をスローガンに、イベントを通したＰＲ活動と1千万円を目標とする募金活動がスタートする。

製作実行委員会が発行したレジュメの中にある「なぜ『海炭市叙景』の映画化か〜その意義・目的・共通認識すべきこと」という文章を読むと、単なる「町おこし」を目的としない「リアルな物語」の創造という、実行委員会の熱い思いが伝わってくる。

小説「海炭市叙景」は、海峡を渡ることもなく、函館（のような街）に留まり、そこで黙黙と生活している市井の人々の姿を描いた作品である。そして、そこで描かれるこの街は、坂下に港が見えるエキゾチックで歴史的情緒がある透明感のある街ではなく、砂ぼこり舞う砂州の街である。

そんな視点から函館を描いた映画がこれまであっただろうか？

「内地」を目指して連絡船に乗って海を渡るということもなく、窒息しそうなこの街に踏み留まり、日々の営みを送っているそんな地方の若者の姿を描いた作品があっただろうか。

佐藤泰志という函館生まれの作家による、函館の街を舞台にした作品。函館の街で生きる様々な青春像・人間像を描いたこの「海炭市叙景」。「函館らしさ」を体現するこの作品を脚本にし、それを函館の街で撮影して映像に残し、国内のみならず世界に発信してゆくこと。

そこに、この構想の強い意図、目的がある。


「なぜ『海炭市叙景』の映画化か」

続いて、「市民手作りの映画、様々な形で市民やボランティアが参加し、かかわってゆくような映画作り」のための具体的な進め方が示される。そして、最終的にシネマアイリスを事務局、菅原和博氏を実行委員長、西堀滋樹氏を事務局長をとして立ち上げた製作実行委員会が、現地推進母体として日程や課題（目的・目標の共有や資金調達など）への取り組み、宣伝活動などを推進していく。

09年4月、熊切和嘉監督がロケハンを行なう。

製作実行委員会が発行した「海炭市通信 第1号」(09年5月18日)には、「映画化への手応え 熊切監督ロケハン 函館山早朝登山も」という見出しでこの様子が伝えられている。

佐藤泰志の遺作「海炭市叙景」映画化に向け、監督を務める熊切和嘉さんとプロデューサーの越川道夫さんが4月4日から6日まで函館でロケハンを行った。2人は滞在中、北斗上磯中のプラネタリウムや函館市の笹流ダム、函館どつくなど各所を精力的に訪れたほか、東山墓園では佐藤の墓に手を合わせ、活動への意気込みを新たにした。

熊切監督は6日早朝、実行委員3人と函館山登山も挑戦。これは「海炭市叙景」第一章の始めの編「まだ若い廃墟」で、登場する兄妹が山頂から初日の出を眺める印象的な場面をイメージするのが目的だが、前夜の会食の席で急きょ決まったため、日ごろ運動不足のメンバーにとっては苛酷なロケハンとなった。

「海炭市通信 第1号」

09年5月、解体が決まった「函館どつく」の大型クレーンの撮影が、クランクインに先立って行なわれる。函館の港に大型クレーンがある姿は、これが最後となった。

09年11月28日発行の「海炭市通信　第3号」に、「出演者が内定！」という見出しで、内定したキャスト4人が紹介される。

函館出身の作家、故佐藤泰志の遺作「海炭市叙景」の映画に出演が内定したキャスト4人が発表されました。加瀬亮さん、小林薫さん、南果歩さん、谷村美月さんです。来年2月のクランクインに向けた製作実行委員会（菅原和博委員長）の活動にも弾みがつきそうです。

「海炭市通信　第3号」

10年2月16日、クランクイン。エキストラを含めると500人以上の函館市民が出演。

実は、この撮影が行なわれていた時期、職場の旅行で一度だけ函館を訪れていた。全く映画関係者に知り合いがいなかった私は、『海炭市叙景』関係のチラシが置かれている喫茶店で撮影の様子の情報を聞き出したり、撮影の気配を求めて街を歩き回ったりした。『海炭市叙景』が映画になっていく過程を、少しでも自分の皮膚で感じたかったのだ。

10年3月20日、クランクアップ。

「海炭市通信 第4号」（10年4月28日）の一面の見出しは「無事クランクアップ 函館市民500人が参加」。次のような書き出しだ。

映画「海炭市叙景」が3月20日、クランクアップしました。33日間にわたる撮影は緊張、興奮、笑い、涙…などさまざまな瞬間にあふれ、それ自体がまるで映画のようなドラマチックなものでした。実行委員を始め、スタッフや役者、ボランティアまで多くの市民が協力。「海炭市」を作り上げていった約1カ月間の熱いロケを報告します。

「海炭市通信 第4号」

以下、「撮影の裏話」や出演した市民の感想、撮影総スケジュール、協賛企業一覧、さらに『海炭市叙景』文庫化のニュース、完成披露試写会の予告など、この映画に関する全てが満載の通信となっている。

ここから編集作業に入り、完成までこぎつけた映画は、映画祭や試写会で上映される。
10年10月28日、東京国際映画祭で上映。
10年11月3日、佐藤泰志の母校・國學院大學で特別試写会。

10年11月18日、函館（芸術ホール）で完成披露試写会。

そして、11月27日を迎えた。

▼センチメンタルでいいではないか

さて、この日の上映終了後、私はずっと余韻に浸っていた。その後、普通の観光客となって五稜郭公園に出かけ、復元された箱館奉行所の前を通り、ガイドブック片手に喫茶を探し当て、深煎り珈琲にありついた。

もっとずっと先まで歩けば佐藤泰志の小説に出てくる産業道路に出るのだなと考えつつ、コーヒーを飲み、先ほど渡されたアンケートに答える形で映画の感想を書きつらねた。

私たち観光客が出会う「函館」とは違う「函館」、いわば生活者の「函館」が、佐藤泰志の小説にも今回の映画にも描かれている。そして、ある時代のこの街の人々の生活者としての心情も。だがそれは、普遍的な「人間そのもの」の姿でもある。

再び映画館に戻り、アンケートを手渡し（自分がこれまで佐藤泰志について書いてきた文章も添えて）、午後5時20分からの話題作『悪人』（10年、李相日監督）を観た。これで「シネマアイリス」に別れを告げた。

その晩、「大門横丁」で酒を飲み、翌日は一転して雪となった西部エリアをとぼとぼ歩き喫茶や施設を巡ったが、心はずっと『海炭市叙景』の景色やいくつかのシーンや音楽に浸ったままだった。

雪のためか観光客もまばらな元町界隈を歩いていると、まるで小説のモデルとなった1980年頃の、いやもっと前の函館を歩いているような錯覚に陥った。それは、私が表面的にしか知らない街ではあったが、奇妙な懐かしさと親密さを感じたのだ。


佐藤泰志が東京から函館に帰ってきて滞在していた頃、私もまた津軽海峡をはさんだ対岸の小さな町で働き始めていた。フェリーボートで100分。人々は函館の病院に通い、私も買い物に訪れた。私は20代だった。私がある懐かしさと親密さを、この街や『海炭市叙景』に感じるとしたら、その体験によるものだろう。

それは私のセンチメンタルな感情にすぎないのだが、センチメンタルでいいではないか。

4　映画『そこのみにて光輝く』

２０１４年４月19日、佐藤泰志原作映画第二弾『そこのみにて光輝く』が全国公開された。第一弾の『海炭市叙景』と同じように、函館市民による製作実行委員会によって作られ、４月12日に函館市「シネマアイリス」で先行上映が行なわれた。残念ながら私は先行上映には駆けつけることができず、その年の６月７日、青森市「シネマディクト」でようやく鑑賞することができた。

基本データ（抄）は次の通り。

『そこのみにて光輝く THE LIGHT SHINES ONLY THERE』
監督：呉美保
脚本：高田亮
原作：佐藤泰志
製作：永田守、菅原和博
出演者：綾野剛、池脇千鶴、菅田将暉、高橋和也、火野正平、伊佐山ひろ子、田村泰二郎
音楽：田中拓人

撮影：近藤龍人
照明：藤井勇
録音：吉田憲義
美術：井上心平
編集：木村悦子
製作：「そこのみにて光輝く」製作委員会
配給：東京テアトル、函館シネマアイリス
公開：２０１４年4月19日
上映時間：１２０分

第一章で紹介したように、『そこのみにて光輝く』は１９８５年に発表された「そこのみにて光輝く」を第一部とし、それに書き下ろしの第二部「滴る陽のしずくにも」を加え89年刊行された、佐藤泰志唯一の長編小説である。

原作の物語の中では、第一部と第二部の間に3年の月日が流れている。

第一部では、主人公の達夫とバラックに住む青年・拓児が知り合いになり、拓児の姉・千夏と達夫の運命的とも言える出会いがあり、そして達夫が千夏と一緒に生きていくことを決意するまでが描かれていく。達夫の前の職場は造船会社で、労働争議を経ての退社とその後の生き方が大きなテーマである。

第二部では、達夫は所帯を持ちすでに平安な生活を手に入れている。そんな彼の前に出現したのが鉱山で水晶を採掘する「山師」松本で、以後、達夫と拓児が松本の「山」の仕事に関わっていく過程が描かれる。そこにあるのは男三人の物語で、第一部の三人（あと、子二人と女一人）とは異なる印象の物語になっている。

▼映画にて輝く

映画『そこのみにて光輝く』はこの第一部と第二部を大胆に合体させ、ひとつの時間の流れの中で達夫（綾野剛）・千夏（池脇千鶴）・拓児（菅田将暉）そして狂言回しの役割を果たす松本（火野正平）の4人がそれぞれ存在感を持ち続ける、緊張感あふれる構成の映画に仕上がっている。

達夫の前の仕事も造船会社ではなく「山」であるとされ（松本は達夫の復帰を促すために現れたのだ）、同僚・岡野の事故死の記憶によるトラウマの源だった「山」の仕事に達夫が復帰していく過程が、ドラマの大きな柱である。

このような大きな翻案にもかかわらず、私たちは違和を感じることなくこの映画を受け入れる。それは、この脚本（高田亮だ！）によって『そこのみにて光輝く』の魅力が増したのではないかと思えるほど見事な構成だからだ。

第二部が持っていた弱点（『佐藤泰志作品集』には第二部は収録されていない。第一部を最高傑

そこのみにて光輝く
すべての終わり、
愛の始まり。
愛を捨てた男と、愛を諦めた女。
函館の一瞬の夏を舞台に、二つの魂が邂逅《かいこう》する。
綾野 剛　池脇千鶴　菅田将暉　高橋和也　火野正平　伊佐山ひろ子　田村泰二郎
呉美保 監督作品
hikarikagayaku.jp

作と推す声は多いが、第二部の評価は第一部ほどは高くない）を克服した映画……映画によって原作がますます輝いた、と私には思われた。

この映画化についての経緯を、前出の『佐藤泰志 生の輝きを求め続けた作家』中のインタビュー「佐藤泰志文学を映画にする」から探ってみる。

製作実行委員会の菅原和博氏は、この映画化作品について、こう切り出している。

『そこのみ』は佐藤さんの作品の中で、映画に一番向いている小説じゃないかなと思っていました。僕がちょうど映画を意識的に見始めた六〇年代後半から七〇年代にかけてのアメリカン・ニューシネマや藤田敏八とか深作欣二とか神代辰巳の映画のような、ああいう匂いが作品の中から立ち上っていて、自分の好みからしてもこれだと思っていました。登場人物は限られているけど、今時の恋愛映画にはない、すごく濃密な人間関係を描いている。たぶん佐藤さんもかなり映画がお好きだったと思うんですね。それが反映されているんじゃないかなって気がします。

「佐藤泰志文学を映画にする」

菅原氏は、『海炭市叙景』の現場プロデューサーの星野秀樹氏とともに次回作を『そこのみにて光輝く』と決め、『海炭市叙景』と同じ熊切和嘉監督で話を進めていく。しかし熊切監督のスケジュールが合わず、この話はいったん白紙に戻し別の監督を探すことになる。そんな中、『オカンの嫁入り』（２０１０）の呉美保（お みぽ）監督を紹介される。

『そこのみ～』を映画にしたい監督は多いんじゃないかという気もしましたし、監督さんの名前もいくつか浮かびましたが、僕の中ではしっくりこなかったんです。そこでヒロインの千夏を活かす意味でも女性監督は面白いかもしれないな、と星野さんと話して、その中で呉さんの名前が出てきたんです。最初は女性監督の中でも、この作品からは最も遠い気がしました。しかし、以前の作品を見返してみて、家族関係の描写が丁寧で、佐藤文学と呉美保の組み合わせは意外性もあり、面白いのではないかと思い直しました。お願いしてみたところ、「何で私なの」と言いながらも「挑戦してみたい」と、引き受けてくれました。お互いにとって大きな賭けだったと思います。

同前

当初は、呉美保監督が脚本も書き、原作の第一部だけの映画化案から、第二部も併せての映画化案へと変更した。主人公が造船所で働いているという原作の設定も『海炭市叙景』で使っているのでやめ、第二部で出てくる松本の「鉱山で採掘の仕事」を生かす形へと変わっていた。

ここで、脚本家の高田亮がスタッフに入る。

彼が作り直したほぼ完成品の第一稿をもとに、彼と呉監督のやりとりが続き、20回以上もの書き換えがあり、脚本は完成する。

第一部と第二部を重ね合わせるような構成になっていることについて、同じく『佐藤泰志 生の輝きを求め続けた作家』中のインタビュー（呉美保×高田亮×星野秀樹）「映画『そこのみにて光輝く』をめぐって」（以下、「映画『そこのみ〜』をめぐって」）では次のように回想されている。

星野　それはもう高田さんの考えです。

呉　口頭で最初に言ってくれたんですよね。「こうしたらどうかな」と説明してくれて、想像しました。

高田　監督が書かれた脚本に岡野のエピソードがあって、家庭に背を向け、山に行こうとする話があるんですけど、それを前編の、千夏と知り合って千夏に惹かれていく過程の中に、同時に山に対する思いも捨てきれていないというのを入れたら、海辺にいる女と山の男、海と山に引き裂かれる男の話になるんじゃないかというアイデアを監督に話しました。

呉　山に戻って来いと言われたという話になった。

「映画『そこのみ〜』をめぐって」

そして、「山に今時ロマンがあるか」という疑問から、原作とは違う墓とか道に使う石を掘る山にしたことについて、プロデューサー・星野秀樹氏は次のように語る。

星野　そこを成立させたのは高田さんが、第二部の松本をあそこに持ってきてメフィスト的な役回りをさせたことです。原作を読み直したらなるほどと思ったけれど、全くそういう見方はしていなかったのですごい発想だと思った。佐藤さんもそういう配置にしていたんじゃないかと、そのとき改めて思ったんです。松本のキャラクターの怪しさというか、どっちともとれる感じがあれば、監督が自分で「山、山」と言いつつ山にそこまでロマンがあるのかという葛藤を払拭し、山というものの奥行きを想像できるんじゃないかと思って、これはいけるなと思いました。

同前

菅原氏の回想（インタビュー）に戻る。

呉監督はかなり細かな注文を出す方ですけれども、高田さんも負けずにしぶとい。二人とも佐藤泰志の世界を外さないように物語を構築してくれました。高田さんの脚本でこの映画はいけると確信しました。功労者ですね。この脚本で出演交渉をしようということになり、また平行してお金集めもしていたんですけれども、いろいろなめぐり合わせが悪くてなかなか撮れませんでした。そのときに、これは幻の企画になるのかなと思ったこともありました。でも年が変わってから急に展開がありました。綾野さんが脚本を読んで、出てもいいということになって、そこからいろんなかたちでワーッと動いてきて、出資会社も揃い、一気にクランクインまでいったかなという感じなんです。

「佐藤泰志文学を映画にする」

▼『そこのみにて～』の年

こうして完成した映画『そこのみにて光輝く』は、国内外で高い評価を獲得した。前作『海炭市叙景』も「映画芸術ベストテン（2010）」第9位（第1位は瀬々敬久監督の『ヘヴンズ ストーリー』）、「キネマ旬報ベストテン（2010）」第9位（第1位は李相日監督の『悪人』）、「毎日映画コンクール」撮影賞（近藤龍人）、音楽賞（ジム・オルーク）など高い評価を受けていたが、『そこのみにて光輝く』は2014年各映画賞を文字通り席巻した。

たとえば「毎日映画コンクール」では、日本映画優秀賞、監督賞（呉美保）、男優主演賞（綾野剛）、女優助演賞（池脇千鶴）と主要部門を独占。そのほかの映画賞でも素晴らしい結果を残し、第87回米国アカデミー賞外国語映画賞部門の日本代表にも選出されたが、特筆すべきは「キネマ旬報ベストテン」における圧倒的な高評価であろう。
この年（２０１４）の日本映画ベストテンは次の通りである。

1位『そこのみにて光輝く』（呉美保監督）
2位『0・5ミリ』（安藤桃子監督）
3位『紙の月』（吉田大八監督）
4位『野のなななのか』（大林宣彦監督）
5位『ぼくたちの家族』（石井裕也監督）
6位『小さいおうち』（山田洋次監督）
7位『私の男』（熊切和嘉監督）
8位『百円の恋』（武正晴監督）
9位『水の声を聞く』（山本政志監督）
10位『ニシノユキヒコの恋と冒険』（井口奈己監督）
10位『蜩ノ記』（小泉堯史監督）

そうそうたる作品群の中で堂々の第1位を獲得し、さらに日本映画監督賞・読者選出日本映画監督賞（呉美保）、脚本賞（高田亮）、主演男優賞（綾野剛）と各賞でも存在感を見せつけた。まさに

『そこのみにて光輝く』の年」であった。

ここで、もうひとつ、書いておかなければならないことがある。この年（2014）の「映画芸術ベストテン&ワーストテン」における評価である。

「ベストテン」のトップスリーは、第1位『海を感じる時』（安藤尋監督、112点）、第2位『0.5ミリ』（安藤桃子監督、83点）、第3位『三里塚に生きる』（大津幸四郎・代島治彦監督、58点）……と続き、『そこのみにて光輝く』は第11位（41点）だが、よく知られているように「映画芸術ベストテン」のポイント集計は、ベスト点からワースト点をマイナスするという方法をとっている。そして、この年の「ワーストワン」は『そこのみにて光輝く』なのだ（ワースト点51点）。以下、『渇き』（50点）、『ふしぎな岬の物語』（50点）、『私の男』（50点）、『紙の月』（35点）、『小さいおうち』（32点）……と続く。

実は私は雑誌『映画芸術』の愛読者なのだが、「ベストテン」の集計方法にはつねづね疑問を感じていて、「ベストテン」はベスト点のみ（ワースト点をマイナスしない）で決めるべきであると考えていた（実際、そのような集計の年もあった）。その結果「ベストワン」と「ワーストワン」が同じ作品になったとしたら、それは『映画芸術』にとって「勲章」なのではないか、とさえ思っていた。

もしこの年の「ベストテン」の集計をベスト点のみで行なったとしたら（私は毎年そのように自分で集計し直しているのだが）、第1位は『海を感じる時』（112点）で変わらないが、第2位『そこのみにて光輝く』（92点）、第3位『0・5ミリ』（91点）となる。この3作品の得点は図抜けている。

私はこのことに憤慨しているのではない。「キネマ旬報ベストテン」で第1位、「映画芸術ベストテン」で実質第2位（私の集計方法によれば）という結果に、当時の私は大いに満足し、納得したのだ。「ワーストワン」に選出されたことも含めて。

映画の鑑賞の仕方はさまざまであり、評価もさまざまである。「ワースト」評価の批評の数々をチェックしてみると（『映画芸術』以外のものも含めて）、千夏と拓児の家庭の設定や時代背景、さらには父親と家族の性的な関係についての疑問（不満）が散見される。要するにリアリティを感じないという感想だ。誤解や誤読に基づくものもあるが、それも含めて映画評価があると思うしかない。ほとんどの観客が、私が第一章で紹介したような原作の背景について知らないまま鑑賞しているわけだし、その感じ方は自由だ。

またインターネット上に投稿されている鑑賞者のコメントを見ると、やはり上記の疑問（不満）が多くあり、またこの映画に「絶望しか感じなかった」という感想も多い。これもまた、それぞれの感想であろう。

けれど一方で、絶望だらけのようなこの映画作品の中に、ある種の「希望」を見出した人々も多数存在していた（している）こともわかる。そのことが何よりも嬉しい。それこそが、佐藤泰志の真髄だからだ。

私たち、佐藤泰志の読者にとって、この映画は佐藤泰志が作りたかった世界であるように感じられた。映画『そこのみにて光輝く』は、彼が世に出した書籍からいまだ完成稿に向かって成長し続ける、変容し続ける、その途上の作品なのだ。

5 『佐藤泰志映画祭』の開催

２０１６年３月５日、佐藤泰志の文学と映画化作品を追い続けてきた私にとって、ひとつの結節点（その時は到達点だと思っていた）とも言うべき出来事があった。佐藤泰志原作映画（『海炭市叙景』、『そこのみにて光輝く』）の自主上映である。

08年から弘前市で活動が始まった自主上映組織「harappa 映画館」のスタッフだった私は、16年の企画として佐藤泰志原作映画２本の上映会を他のスタッフとともに提案した。

やがて実現の運びとなったその企画は、「平成27年度 弘前市市民参加型まちづくり１％システム活用事業」として市の補助を受け、「北海道新幹線開業記念 第22回 harappa 映画館『函館発 佐藤泰志映画祭』」という名称で広く市民に宣伝された。

その年の2月、自らのメール通信で私も上映会の紹介に努めた。これまでの叙述と重複する部分も多いが、この上映会を前にした私の意気込みが伝わってくる文章なので（また「資料」として必要だとも感じるので）、かなり長いがそのまま引用する。

題名は、「『函館発 佐藤泰志映画祭』～上映会への誘い～」。

来月、2016年3月5日、第22回harappa映画館として「函館発 佐藤泰志映画祭」が開催される。函館出身の作家・佐藤泰志の小説を原作とする2本の映画『海炭市叙景』(2010 熊切和嘉監督)と『そこのみにて光輝く』(2014 呉美保監督)の上映、そしてこの2本の映画の製作委員会代表・菅原和博氏のトーク。小さな小さな映画祭だが、市民が発信する映画のあり方を考える、充実のラインナップ。

佐藤泰志は、1949年函館生まれ。函館西高校在学中から有島青少年文芸賞2年連続優秀賞受賞など才能を発揮し、以降、同人誌や札幌の文芸誌『北方文芸』を皮切りに小説を発表。81年から85年まで芥川賞候補に5度ノミネートされるが落選、89年、長編『そこのみにて光輝く』で三島賞候補となるが落選。90年、自死。

青春を描き続け、そしてその先にある人生を引き受けようとする主人公たちを描き続けた佐藤泰志は、その死後「忘れられた作家」となった。その作品も入手困難な状態が続いた。だが、2007年、図書出版クレインによる『佐藤泰志作品集』全1巻の刊行によって、状況が一変した。奇跡とも言うべき「再発見」がなされ、作品は次々に文庫化され、そして函館市民による作品の映画化が始まった。

『海炭市叙景』は、2008年、函館市民の製作実行委員会によって映画化が開始され、

2010年に完成したオムニバス映画である。

原作は、文芸誌『すばる』1988年11月号から90年4月号まで断続的に発表された連作で、函館をモデルとした〈海炭市〉に生きる18組の人々の物語。佐藤泰志の遺作である。

映画には、この18篇の物語から5篇が選ばれている。原作とは少しずつ違う設定だが、造船所の職を失った兄とその妹が函館山で初日の出を迎える物語から始まり、それぞれ繋がり合う5つの物語は、まぎれもなく佐藤泰志の世界だ。

出演は、竹原ピストル・谷村美月・小林薫・南果歩・加瀬亮……監督は『空の穴』（2001）、『ノン子36歳（家事手伝い）』（2008）の熊切和嘉、撮影は近藤龍人。

『そこのみにて光輝く』もまた、函館市民の力によって製作された。2014年、第88回キネマ旬報ベストテン第1位をはじめ各映画賞で高い評価を受け、この年を代表する作品となった。

原作は、著者唯一の長編小説。『文藝』1985年11月号に発表された第一部と、書下ろしの第二部を合わせて、89年に刊行された。

造船所をやめた主人公達夫とバラックに家族と住む女性千夏との出逢いを描いた第一部と、その後を描いた第二部は、別な作品と言っていいほど異なった雰囲気を感じさせるものだったが、映画では主人公の前職の設定を変え、第一部と第二部を大胆に合体させ、原作をしのぐ緊張感あふれる映像を作り出した。『海炭市叙景』とは別の、佐藤泰志の世界が私たちの前に示された。……

出演は、綾野剛・池脇千鶴・菅田将暉・火野正平・伊佐山ひろ子……監督は『オカンの嫁入り』(2010)の呉美保、撮影は近藤龍人、脚本は高田亮。

今回の「映画祭」の目玉は、ゲストの菅原和博氏のトークだ。「函館市民映画館 シネマアイリス」代表であり、この2作の映画製作実行委員会代表として企画・製作・プロデュースに関わってきた氏は、函館オールロケの佐藤泰志映画3作目『オーバー・フェンス』(山下敦弘監督)を企画・製作、今年の9月公開を予定している。トークの中で、3作それぞれへの思いを語ってくれるはずだ。期待したい。

日程は次の通り。

3月5日(土) 弘前中三8F・スペースアストロ
『函館発 佐藤泰志映画祭』
13:00 『海炭市叙景』(152分)
16:15 『そこのみにて光輝く』(120分)
18:15 菅原和博氏シネマトーク
……

「『函館発 佐藤泰志映画祭』２０１６」

当日、私は会場のロビーに小さな「佐藤泰志展」のコーナーを作った。
「佐藤泰志作品単行本（初版本）」５冊、「初期作品が掲載された『北方文芸』」９冊、「図書出版クレイン『佐藤泰志作品集』」、「佐藤泰志作品文庫本」６冊、関連書籍、映画化作品の記事を掲載した映画雑誌、チラシとパンフレット類、そして私がそれまで個人通信『越境するサル』で書いた佐藤泰志についての文章をまとめた小冊子「佐藤泰志特集」１００部ほど（もちろん「ご自由にお持ちください」だ）……上映会に併設された展示としては精一杯の資料を用意し、午後の上映を待つ。

午後1時、『海炭市叙景』の上映が始まった。デパート最上階の多目的ホールの中に段差のある仮設の座席を作り、大きなスクリーンをセットした会場の中には、そこそこの熱気が感じられた。まずはいいスタートが切れた。

午後4時15分、『そこのみにて光輝く』が続く。「キネマ旬報ベストテン 第1位」の評判もあり、『海炭市叙景』以上の期待が観客席から感じられた。

そもそも、津軽海峡の向こうの函館の街も、青函連絡船も、市民にとってはある種の思い入れの対象なのだ。そこを舞台にした作品（文学と映画）への関心は高い。

上　トークの様子　左から著者、品川信道氏、菅原和博氏
下　「佐藤泰志展」のコーナー

午後6時15分、『そこのみにて光輝く』の上映終了とともに、ゲストの菅原氏によるトークがそのまま会場内で行なわれた。私も、司会の「harappa 映画館」支配人・品川信道氏とともにトークの席に着く。

こうして実現した菅原氏とのトークの中で、佐藤泰志文学について、映画化に至る過程や裏話、次回作の抱負など、さまざまなことが話された。トークを重ねながら、私が少しばかり幸福感に浸っていたのは言うまでもない。

このシネマトークを含む上映会の模様は、地元の新聞にも取り上げられた。『陸奥新報』（2016・3・9付）では、「〝裏函館〟魅力存分に」「シネマアイリス菅原代表らトーク」「弘前で故佐藤泰志作品上映会」という見出しで、映画祭の概要に続けて次のようにシネマトークの様子を伝えている。

菅原さんは、函館をモデルにした海炭市で暮らす人々を描いた「海炭市叙景」に衝撃を受けたことや市民らに協力を募ったことを話し、「函館が舞台の映画は八十数本あるが、『海炭市叙景』は今までと違う、市民の視点から街そのものを描いた〝裏函館映画〟」と作品の魅力を語った。

品川さんが「そこのみ―」について「実現は難しかったのでは」と問い掛けると、菅原さんは「いろんなところから出資を断られた。幻に終わるんだなと諦めかけた時、綾野さんから出演の返事をもらい急に動き出した」と当時を振り返った。会場に詰め掛けた映画ファンらは次回作や函館市民、行政の協力的な姿勢について尋ねるなど、菅原さんとの交流を楽しんだ。（二戸崇矢）

『陸奥新報』２０１６・３・９

また、『東奥日報』（２０１６・３・11付）は、「函館舞台の２作品上映」「harappa 映画祭 製作秘話トークも」という見出しで、やはり映画祭の概要とともに、次のようにシネマトークの様子を伝えた。

シネマトークには、函館市民の出資で作られた映画館「シネマアイリス」代表で両作品の製作に深く携わった菅原和博さんが登場。菅原さんは、市民中心の実行委員会を立ち上げ「海炭市──」が完成するまでのエピソードを紹介。「街に暮らしている人間の目線で、ご当地映画、いわゆる観光映画とは全く違う『裏函館映画』のスタンスで創ることができると思った」と原作の魅力を振り返った。

９月には、第３弾としてオダギリジョーらが出演する「オーバー・フェンス」が公開予定であることを明かし「２作とはちょっと違う、佐藤さんのポジティブな部分が出てる作品。楽し

みにお待ちいただければ」とPRした。（安達一将）

『東奥日報』2016・3・11

こうして『佐藤泰志映画祭』を終えた私は、ひとつの目標を達成した満足感にしばらく浸っていた。だが、2016年、佐藤泰志をめぐる動きはまだまだ終わらない。

第三弾『オーバー・フェンス』の公開が9月に迫っていた。

6　映画『オーバー・フェンス』

２０１６年7月12日、私は函館市芸術ホールに向かう長い行列の中にいた。９月17日に公開される佐藤泰志原作映画第三弾『オーバー・フェンス』完成披露試写会を目指す、市民７００人の行列だ。１本の映画のためにこれだけの観客が大挙して押し寄せる（しかもこの日のチケットを入手できたのは幸運な人たちだった）様を見ることは、さらに自分もその列の中にいるということは、大きな驚きだった。

さらに、上映前の舞台挨拶。山下敦弘監督とともに出演者が登場したのだが、オダギリジョー、満島真之介に続いて蒼井優がステージに姿を見せた瞬間、会場全体が揺れるような大きな歓声とどよめきが起こり（蒼井優の登場はサプライズのようだった）、これも鳥肌がたつような体験となった。

これほど市民が待ち望んだ、映画そのものが愛された『オーバー・フェンス』とはどのような作品なのか。

基本データ（抄）は次の通りである。

『オーバー・フェンス Over the fence』

監督：山下敦弘
脚本：高田亮
原作：佐藤泰志
出演者：オダギリジョー、蒼井優、松田翔太、満島真之介、北村有起哉、優香、松澤匠、鈴木常吉、塚本晋也、中野遥斗
音楽：田中拓人
撮影：近藤龍人
照明：藤井勇
録音：吉田憲義
美術：井上心平
編集：今井大介
配給：東京テアトル、函館シネマアイリス（北海道地区）
製作：「オーバー・フェンス」製作委員会
公開：２０１６年9月17日
上映時間：１１２分

この完成披露試写会の当日、山下敦弘監督と出演した満島真之介を取材した地元の『函館新聞』

は、「舞台あいさつ 市民700人歓声」と伝えるとともに、インタビュー内容を掲載している。

函館での撮影は昨年6月24日から、函館公園など市内5カ所を中心に約1カ月間行われた。撮影で函館を訪れたのは初めてという山下監督は、街の印象について「はじめは前2作（「海炭市叙景」「そこのみにて光輝く」）のように、重くさみしいイメージを持っていた」というが、「撮影を進める中で、晴れの日の気持ち良さや俳優陣の楽しそうな雰囲気、居心地の良さから、天候や季節、見るものによって全く印象が変わる街なんだと思った。違った見え方ができるからこそ、多くの映画が函館で撮影されてきたんだろうと思う」と話した。

また、撮影を振り返って「ストレスを感じることなく、ただ撮影のことだけを考えることができた。いつも以上の力が出せたと思う。ぜいたくな時間を函館で過ごせた」と強調した。

作品は、会社を辞め、妻子と別れて古里の職業訓練校に通い始めた男を主人公に、それぞれ苦悩と孤独を抱える男女が共に生きようとする姿を描いた大人のラブストーリー。（半澤孝平）

『函館新聞』2016・7・13

また、同じく地元の『北海道新聞』は完成披露試写会の様子を、作品の紹介を交えて次のように伝えている。

誰もがその場所から
飛び立てるのを信じてた
オーバー・フェンス
Over the fence
オダギリジョー　蒼井優　松田翔太　満島真之介　松澤匠　鈴木常吉　優香
監督：山下敦弘
原作：佐藤泰志「オーバー・フェンス」
脚本：高田亮　音楽：田中拓人
overfence-movie.jp
一瞬で過ぎゆく函館の夏、フェンスの先に見つけるのは愛か、希望か――。

【函館】函館出身の作家佐藤泰志（1949〜90年）原作の映画「オーバー・フェンス」（山下敦弘監督）の完成披露試写会が12日、ロケ地の函館市内で開かれた。主演のオダギリジョーさんは「函館の方々の思いが詰まった作品。その期待に応えられる映画になった」とPRした。

故郷の函館で職業訓練校に通いながら、目的もなく生きるオダギリさん演じる青年と、蒼井優さん演じる地元女性などとの人間模様を描いた物語。原作は佐藤が函館の職業訓練校で過ごした経験をもとに執筆した。佐藤原作の「海炭市叙景」（2010年）、「そこのみにて光輝く」（14年）に続き、函館の映画館シネマアイリスの菅原和博代表が企画した3部作の完結編。

試写会ではオダギリさんや山下監督、蒼井さんらが舞台あいさつに登場した。山下監督は詰めかけた約800人の市民らに「撮影スケジュールは過酷だったが、函館の人たちに助けてもらい作った映画だと思っている」と感謝を述べた。9月17日から全国公開される。

『北海道新聞』2016・7・13

小説「オーバー・フェンス」（1985年）については第一章で詳述した。

育児ノイローゼの妻と離婚して故郷の海峡の街に帰ってきた主人公・白岩は、職業訓練校の建築科に通う。その建築科は、年齢も経歴もばらばらの集団だった。

白岩はアパートで毎日ビール2缶だけ飲む生活を続けていたが、訓練校仲間からさとし（聡）という名の女性を紹介され、やがて彼女と再出発しようと思うようになる……。

私は第一章で、この作品を次のようにまとめた。
「家族生活の破綻、別れた妻と娘への思い、故郷の海峡の街、働く仲間たちの群像、新しい出会い、再出発への決意……佐藤泰志のすべてが（のちの佐藤泰志的なものも含めて）盛り込まれた、結節点とも言うべき作品」

この、いかにも佐藤泰志らしい、淡々と進行する物語を、映画ではかなり起伏に富んだ物語へと変貌させていた（映画化とはそういうことだが）。

主人公・白岩（オダギリジョー）の年齢を原作よりかなり上に設定し、ヒロインの聡（蒼井優）の設定も花屋の娘からキャバクラのホステス、しかも原作からは想像もつかないエキセントリックなキャラクターへと変えている。また聡の設定の一部、沐浴や精神安定剤の服用に関わる部分は、同じく佐藤泰志作「黄金の服」（83年）に登場する女性・アキのキャラクターを加えている。

そして訓練校内の群像劇も、よりドラマチックに再構成され、個々のキャラクターが際立っている（私は満島真之介演ずる大学中退生の演技が気に入っているのだが、他の役者たちの演技も渋い味を出している）。

このような翻案にもかかわらず、前2作（『海炭市叙景』、『そこのみにて光輝く』）と同じように、原作とさほど違った印象は受けない。描かれているのは佐藤泰志の世界であり、まっすぐに「フェンス」を越えていこうとする物語だ。

▼「希望」が前面に

この映画もまた、前2作と同じように、市民の募金をはじめとする協力によって出来上がった。私の手元に、募金協力をお願いするチラシ（2015年）がある。完成披露試写会の際に立ち寄った「自由市場」で入手したと記憶しているが定かではない。市内各所に置かれていたものと思われるので、別の場所かもしれない。

そのチラシの表には、「オーバー・フェンス」「『海炭市叙景』『そこのみにて光輝く』に続く佐藤泰志＝函館発信映画 第三弾」「越えるべき多くの壁 渡るべき多くの河 明日はきっと来るはず」「『生きることの意味』を問い続け、四十一才で自ら命を絶った作家・佐藤泰志。没後二十五年となる今年、五度目の芥川賞候補作品であり、最後の芥川賞候補作品となった『オーバー・フェンス』を映画化」「オール函館ロケ 2015年夏クランクイン！」の文字が躍り、「市民参加の映画実現のため、みなさんからの募金をお願いします」とある。

裏には、企画・製作の菅原和博氏による募金協力のお願い、募金の具体的な説明、佐藤泰志と山下敦弘監督の紹介とともに、山下監督のコメントが載っている。

作家・佐藤泰志の『オーバー・フェンス』を映画化する。映画は空っぽになってしまった一人の男と求愛し続ける女の話でもあるし、函館の職業訓練校に生きる無職の男たちの話でもあるし、もしかしたら若くして死んでしまった佐藤泰志自身の話になるのかもしれない…というか〝話〟に固執せず、その瞬間を生きている人間たちの映画にしたいと思う。そうすれば自ずと僕自身の話になるし、観ているあなたの話になっていくのではないかと思う。『オーバー・フェンス』というタイトルが示す通り見えないけどそこにある何かを越えていく映画にしたい。

「山下監督コメント」

山下敦弘監督は、『松ヶ根乱射事件』（2007年）、『天然コケコッコー』（07年）、『マイ・バック・ページ』（11年）、『苦役列車』（12年）などの作品で知られる、日本を代表する映画監督である。私も『マイ・バック・ページ』には相当入れ込んだ記憶があり、この企画が発表された時から監督が「オーバー・フェンス」の世界をどのように作り上げていくか、楽しみにしていた。

その山下監督のインタビュー（むろん『オーバー・フェンス』について）が『映画芸術』456号（16年）に掲載されている。冒頭の部分が強く印象に残る、かつ非常に興味深い内容なので紹介する。

――拝見して驚きました。原作から結構大胆に脚色されていますね。いちばんの違いは蒼井優さん演じる聡の造形ですが、脚本の高田亮さんのアイデアですか。

山下　僕が参加する前に、プロデューサーの星野秀樹さんと高田さんとで初稿みたいなものが出来上がっていて、その時点ですでに聡はあの形になっていましたね。今回僕は星野さんから「三部作の最後はぜひ山下さんで」とお話をいただいたんですが、脚本は『そこのみにて光輝く』（呉美保）に続いて高田さん、撮影は三部作の最初から参加している近藤（龍人）くんというのは決まっていたんです。

――佐藤泰志は読んだことがありましたか。

山下　いや、読んだことがなくて、オファーをいただいた時点で初めて原作を読みました。だから佐藤泰志さんの作品は「オーバー・フェンス」しか読んでいないんです。

――原作を読んで、脚本との違いはどのように受け止めました？

山下　変更点はたくさんあるんですが、印象としてはそこまで変わった感じはなかったですね。星野さんの狙いとして、三部作の最後は〝抜け〟のいい終わりにしたいというのがあったようで、脚本にもそれは反映されていると思います。原作を読んだ僕の感想としても、爽やかとまではいかないにしろ、スカッとする部分があったので、その印象を映画にしたいとは思っていました。

「山下監督インタビュー」

監督の思いの通り、映画は前2作とは違う、「希望」が前面に出た作品となった。これもまた、佐藤泰志である。

*

さて、私と『オーバー・フェンス』の間には、続きのストーリーがある。

全国公開（9・17〜、函館「シネマアイリス」でも上映）に合わせた映画評（私は「紹介」と理解したが）を『北海道新聞』から依頼されたのだ。「シネマアイリス」代表の菅原氏の推薦ということだった。

「よそ者」の私が書いていいのか迷ったが、承諾した。佐藤泰志を追い続けてきた「よそ者」だから書けるものがあるのでは、と思ったのだ。

何度も手直しを加えた映画評は、２０１６年10月30日、『北海道新聞』（道南版）「いさり火」のコーナーに掲載された。

結果的に私の佐藤泰志への思いの総決算のようになったこの文章から、いくつか拾ってみる。題名は「『オーバー・フェンス』と佐藤泰志の世界」（以下「佐藤泰志の世界」）、副題は「描かれた『生活者の函館』」。

佐藤泰志の原作「オーバー・フェンス」（１９８５年）は、妻との生活に挫折し故郷に帰って職業訓練校に通う主人公（白岩）と、建築科の仲間たちとの日々を描いた群像劇だが、映画でも原作の雰囲気そのままに、多様な年齢層の登場人物ひとりひとりの人生を、私たち観客は垣間見る。

そして、やがて一緒に生きていくであろう女性（聡）は、高田亮の脚本によって大胆に新たな個性を付与され、というより新たに直情的な女性として造形され、白岩との運命的な出会いへと突き進んでいく。

81年、佐藤泰志は東京から函館に帰り、職業訓練校に入校した。「オーバー・フェンス」はその体験を題材にしている。

この時期以降、彼の作品は「青春そのものを描いた」作品群から、「生活と試練を引き受けようとする主人公を描いた」物語へと、徐々に変貌を遂げていく。……この「オーバー・フェンス」の地点から「後期」の佐藤泰志は始まったのだ、と今思う。

私たち観光客が出会う「函館」とは違う「函館」、いわば生活者の「函館」が、佐藤泰志の小説には描かれている。そして、ある時代のこの街の人々の生活者としての心情も。だが、そこに描かれているのは、函館を舞台にしてはいるが、もう普遍的な人間そのものの姿である。

（「佐藤泰志の世界」）

こうして、佐藤泰志原作映画「函館三部作」は完結した。だが、これは終わりではなかったのだ。

7　映画『きみの鳥はうたえる』

２０１８年８月25日、映画『きみの鳥はうたえる』の函館先行上映がスタートした（全国公開は9月1日）。

妻とともに朝弘前を出て、新幹線と在来線を乗り継いで函館駅に到着したのが午前10時46分。これもちょうど初日の「ＧＬＡＹ野外コンサート」のために訪れた人々で混雑する函館駅（このコンサートのため、ここまですべての列車が満員、さらに函館中のホテルすべてが埋まっていて、私たちは日帰り旅行を余儀なくされていた）を抜け出し、市電で「シネマアイリス」の最寄り電停「五稜郭公園前」を目指す。

午後1時5分に始まるこの日2回目の上映に合わせて入館。館内のチラシ・パンフ類などをチェックし、静かに入れ替えを待つ……8年前（２０１０年）の『海炭市叙景』先行上映の際の情景が頭に浮かぶ。既視感。あの時と同じだ……。

この映画の基本データ（抄）は次の通り。

『きみの鳥はうたえる And Your Bird Can Sing』

監督：三宅唱

脚本：三宅唱
原作：佐藤泰志
出演者：柄本佑、石橋静河、染谷将太、足立智充、山本亜依、柴田貴哉、水間ロン、渡辺真起子、萩原聖人、OMSB、Hi'Spec
音楽：Hi'Spec
撮影：四宮秀俊
照明：秋山恵二郎
録音：川井崇満
美術：井上心平
配給：コピアポア・フィルム、函館シネマアイリス
企画・製作・プロデュース：菅原和博
製作：函館シネマアイリス
公開：２０１８年9月1日
上映時間：１０６分

実は、前作『オーバー・フェンス』で「函館三部作」が完結したので、佐藤泰志原作の映画はひとまず終了と思っていた。しかも、映画『きみの鳥はうたえる』では、舞台を原作の東京から函館

に移すと言う。そのことを当初は疑問に感じていた。

けれど、私は心の中でこの映画化を待ち望んでいたのだ。そのことをやがて思い出した。

小説「きみの鳥はうたえる」については、先に詳しく紹介した。そこで私は、次のように書いている。


「70年代そのもののような舞台設定の中、出会い・揺れ動く心・別れの予感・あやうい友情といった『青春小説』のすべての要素が詰め込まれたこの作品は、青春を描き続けた佐藤泰志の一つの到達点といえる。女1人に男2人という『黄金の組み合わせ』によるストーリー展開は他の佐藤作品に比べてもリズミカルで、思わず映画化されたものを観てみたいという誘惑に駆られてしまう」。


そして、私は満足した。予想以上の満足度だった。

映画化された作品では、舞台を原作の東京から現代の函館に移し、大胆な翻案がなされたが、「出会い・揺れ動く心・別れの予感・あやうい友情」という要素（というより骨格）は継承され、「函館の夏」を生きる青春の物語として強く印象に残る作品に仕上がっていた。エンドロール後もまだまだ物語は続いていくと思わせる、このリアルさ、存在感は何なのだ。

主役の「僕」には柄本佑、静雄には染谷将太、佐知子には石橋静河。若手実力派が揃った。監督は注目の新鋭・三宅唱。今年屈指の話題作になることは間違いない、と思われた。

きみの鳥はうたえる
この夏が、
いつまでも
続くような
気がした
原作
佐藤泰志
監督
三宅　唱
出演
柄本　佑
石橋静河
染谷将太
足立智充
山本亜依
柴田貴哉
水間ロン
OMSB
Hi'Spec
渡辺真起子
萩原聖人
きらめきに満ちた、
かけがえのないときを描く、青春映画の傑作この映画化について、企画・製作の「シネマアイリス」代表・菅原和博氏は次のように述べている（映画公式パンフ「『海炭市叙景』から『きみの鳥はうたえる』が生まれるまで」より、以下「『きみの鳥』が生まれるまで」）。

２０１６年シネマアイリスは開館20周年を迎えた。記念事業をするなら佐藤泰志作品の映画化しか考えられなかった。作品は決まっていた。初期の代表作「きみの鳥はうたえる」。70年代の東京・国分寺を函館に移し替え、ありふれた地方の町で暮らす若者たちの、リアルな今の物語にしたかった。しばらく監督を誰にすべきか迷っていた。まだ青春から遠くない若い監督と組んでみたかった。

『Playback』で気になっていた三宅唱監督に連絡を取った。彼の郷里である札幌で撮影された『やくたたず』を見せてもらった。傑作だと思った。モノクロームの雪景色の中で、黒い学生服姿の高校生が意味もなく子犬のようにじゃれあい駆け回る。その姿は佐藤泰志の描いた若者像に重なって見えた。

「『きみの鳥』が生まれるまで」

また、公式パンフには三宅監督と柄本佑へのインタビュー（インタヴュー）が収録されているが

（「三宅唱×柄本佑 インタヴュー」）、この映画化の企画がスタートしたきっかけは次のように語られている。

――まずは、この企画がスタートしたきっかけと、撮影までの経緯を教えてください。

三宅 函館シネマアイリスの菅原プロデューサーが「『きみの鳥はうたえる』を一緒に映画にしよう」と僕に声をかけてくれたのがスタートです。菅原さんにとっては念願の企画だったと聞いています。はじめてお会いした日に菅原さんが「ベテラン監督ではなく、主人公たちの年齢に近い三宅の感覚で撮るべき物語だと思う」と言ってくれたことが、その後ずっと指針になりました。佐藤泰志がこの小説を発表したのが当時31、32歳くらいで、僕が菅原さんに出会ったのが同じ歳の頃。時代を超えて、同じ歳の人間から「手紙」をもらったような気がしました。佑も今年、ほぼその歳だね。

柄本 僕が最初に企画の話を聞いたのは3年くらい前でしたね。ちょっと話をしたいんだけど、と言われて、三宅さんとプロデューサーの松井さんと3人で焼肉屋に行って。そこで「今度こういう映画を撮りたいんだけど一緒にやりませんか」って言っていただいたのが始まりでした。

三宅 原作を読みながら、直感的に「柄本佑と一緒につくりたい」と思いました。それ以上の説明をしようがないのだけど、佑で『僕』をイメージしながら読むと、もう体のワクワクが止まらなかった。

インタビューはこの後、染谷将太と石橋静河の起用の決定、その直後の撮影延期、1年弱の時間を経て再び3人のキャストでの撮影開始と進んでいくが、その延期の後、前の脚本を捨てて書き直したことを明らかにする。さらに、映画を作る過程での「友人の距離感」についても語る。

柄本　延期になる前の2016年版の脚本と、実際映画になった脚本とを比べると、2016年版のほうが原作に忠実でしたよね。新しい本は、もちろん原作には沿っているけど、心臓が原作で、形作られているのが三宅唱という感じ。

（中略）

三宅　書き直す段階で「心臓が見つかった！」って確信できたから、ある意味では大胆になったかもしれない。原作から時代設定が変わって、これは比喩だけど、着ている服とか化粧は変わっても「心臓」は同じ。「心臓」がなにかは映画で表現したから、ここで一言では言わないけれど、とにかく原作の主人公たちと同じような時間を、自分たち自身も過ごす必要があると最初に決めました。『僕』と静雄と佐知子の関係のように、自分も佑たちと「友人の距離感」でいることで、一緒に「心臓」を捕まえやすくなると思った。

同前

そして三宅監督は、「友人の距離感」について次のように続ける。公式パンフからの引用が長くなったが、この作品の根幹にふれる部分だと考えるので、了承していただきたい。

三宅　もし日常と切り離されたような物語だったら、佑たちとはそれに応じた関係性をつくったかもしれない。一緒に分析しながら、説明的につくっていくとか。でもこの物語はそういう遠い態度でつくりたくなかったんです。友情について書かれたこの小説を「友人の距離感」で映画にしたいと思った。菅原プロデューサーが最初に言ってくれた「その年齢のときにしかない感覚」が大事なわけだし、佐藤泰志からの「手紙」に自分たちの人生で返答したい。

同前

「心臓」、「友人の距離感」、「佐藤泰志からの『手紙』」……この映画について、もしかしたら佐藤泰志の文学（を今読むこと）についても、かなり重要なことが語られているが、映画が作られる過程に関する話はここで区切りたい。

これから先は、映画そのものの中に入り込み、体験するしかない。あの、ラストシーンに至るまで。

▼社会現象

さて、映画『きみの鳥はうたえる』は予想を超える高い評価と観客満足度を獲得した。

2016年の『オーバー・フェンス』も、「キネマ旬報日本映画ベストテン」第9位、「映画芸術ベストテン」第5位と健闘したが、2018年の『きみの鳥はうたえる』に対する評価は「社会現象」と言っていいものだった。

「キネマ旬報日本映画ベストテン」では第3位(ちなみに第1位は是枝裕和監督『万引き家族』、第2位は瀬々敬久監督『菊とギロチン』)。「キネマ旬報個人賞」では柄本佑が主演男優賞を獲得、主演女優賞の安藤サクラ(『万引き家族』)と夫婦で受賞し、話題をさらった。

さらに、毎日映画コンクールでは男優主演賞に柄本佑、音楽賞にHi'Spec。日本映画批評家大賞では主演女優賞に石橋静河。

そして、2014年『そこのみにて光輝く』をワーストワンに選出した『映画芸術』は、『きみの鳥はうたえる』をベストテン第1位に選出した。

2019年11月23日、私が所属する「harappa映画館」は、弘前市で『きみの鳥はうたえる』の上映を行なった。「いまを感じる――この映画3本」と題した日本映画の特集上映で、他の2本は『夜空はいつでも最高密度の青空だ』(2017 石井裕也監督)と『さよならくちびる』(2019

塩田明彦監督)。『夜空はいつでも最高密度の青空だ』の主演も石橋静河だ。

以前開催した「函館発 佐藤泰志映画祭」の時と同じように、自らの通信で佐藤泰志について、原作の小説について紹介し、映画について語る自分がいた。


そして、いま、私たちの眼前に映画『きみの鳥はうたえる』がある。映画『きみの鳥はうたえる』の監督は、近年意欲的な作品を次々と発表してきた新鋭・三宅晶。1984年生まれ札幌市出身の彼は、原作の舞台を1970年代の東京から現代の函館に移すという大胆な翻案を行なった。そして、「僕」に柄本佑、「静雄」に染谷将太、「佐知子」に石橋静河を配して、原作を骨格としながらも新しい青春像を創り上げることに成功した(この作品は「映画芸術」2018ベストテン第1位、「キネマ旬報」2018日本映画ベストテン第3位を獲得した)。

佐藤泰志の小説が映画化されたのは、『海炭市叙景』(2010年)、『そこのみにて光輝く』(14年)、『オーバー・フェンス』(16年)に続いて4作目。いずれも高い質の作品を制作した、函館の市民映画館「シネマ・アイリス」には敬意を表する。

(中略)

日程等は次の通り。

11月23日(土)

弘前中三8F・スペースアストロ

「いまを感じる―この映画3本」
10:30　『夜空はいつでも最高密度の青色だ』（108分）
13:30　『きみの鳥はうたえる』（106分）
16:00　『さよならくちびる』（116分）

「『きみの鳥〜』上映会への誘い」

上映前の挨拶で、原作と映画について手短かに、しかし熱っぽく語り、地方都市にしてはかなり多くの観客とともに鑑賞し、満足した表情を浮かべて入れ替えのため会場を去る観客を見送る。佐藤泰志原作の映画を、当たり前のように上映し、他の話題の映画を紹介するのと同じように観客に語る自分がいる。

佐藤泰志が死んでから三十年、私が作品に出会って追いかけ始めてから二十数年の歳月が流れている。

その間の、「忘れられた作家」から「再デビュー・再評価」、「函館での映画化」と続く劇的な展開を考えると、この「当たり前のように佐藤泰志原作映画について語っている」ことが何やら不思議に思えてくる。

でも、佐藤泰志をめぐる物語は、まだまだ続くのだ。

第四章　とりあえずの結語

1　なぜ、佐藤泰志は忘れられたのか？

第三章まで、佐藤泰志作品と映画化された作品を紹介しながら、彼が「忘れられた作家」となり、その後「再発見（再評価）」され映画の原作者として注目されていく過程を追いかけてきた。

その作業の中で、いつも頭に浮かぶ問いがあった。なぜ、佐藤泰志は一度、忘れられたのか？　そして、なぜ、再発見（再評価）され、復活することができたのか？

これまでの記述の中にその問いに対する答のヒントは見え隠れしているように私には思われるのだが、ここで少し遠回りして、１９７０〜８０年代の文学地図の中に佐藤泰志を位置づけることを試みたいと思う。

もとより、私は近現代文学の研究者でもなければ、文芸評論家でもない。戦後の文学、とりわけ１９７０年代に登場してきた作家たちに多少こだわりを感じている、ひとりの読者にすぎない。したがって、たとえば文学史の中に佐藤泰志を位置づけるというような重責を担うことはできない。

だが、一介の読者（ファン）であるから見えてくるものもある。佐藤泰志については、私のような読者による体験や論考の集積がまず必要なのではないか。そのずっと先に、彼を文学史の中に位置づけるという作業があるのではないか。

▼同時代の文学地図

ここまで何度も、佐藤泰志の結節点となった作品として注目してきたのが『きみの鳥はうたえる』である。1981年、『文藝』に掲載されて芥川賞候補となり、82年出版されたこの作品の前後、70〜80年代の文学を、私に引き寄せて概観してみる。あくまで私の主観（というより読書傾向）による概観だが、佐藤泰志たち、それに数年遅れた私たちの年代の人間にとっては、あながち的外れな概観でもないだろう。

キーとなる作家は3人。大江健三郎、中上健次、村上春樹……いずれもビッグネームだ。

まず、**大江健三郎**。1967年、『万延元年のフットボール』によって「森の谷間の村」を舞台とする「神話的世界」を創出した大江は、71年、前年の三島由紀夫の自決を受けて、天皇制を問い直す2つの中編「みずから我が涙をぬぐいたまう日」、「月の男（ムーン・マン）」を発表する。73

年には『洪水はわが魂に及び』を発表。この頃から国際的作家として活躍するようになる（74年、『万延元年のフットボール』の英訳出版）。

そして、76年の『ピンチランナー調書』を経て、79年、大著『同時代ゲーム』において「森の谷間の村」を〈村＝国家＝小宇宙〉として描き、自らの世界を確立する（87年の『懐かしい年への手紙』がその到達点であると私は理解していた）。この〈村＝国家＝小宇宙〉は、その後の大江文学の核となる。

続いて、**中上健次**。『岬』（75年）で芥川賞を獲得した中上は、最高傑作の呼び声が高い『枯木灘』（77年）の達成後、『地の果て、至上の時』（83年）で、主人公・秋幸の「父殺し」の物語を完成させる（この3作を〈秋幸三部作〉と呼ぶ）。その間に書かれた、秋幸の父を描いた『覇王の七日』（77年）、母の物語『鳳仙花』（79年）、そして同じく紀州・新宮の被差別部落〈路地〉（中上はそう名付けた）を舞台とする『千年の愉楽』（82年）らを含めた物語群が、この70～80年代に構築された。

さらに、**村上春樹**。彼は、佐藤泰志と同年生まれの作家である。初めて芥川賞の候補になったのも、佐藤泰志の前年、79年上半期である。

しかし、その候補作『風の歌を聴け』は、それほど高い評価は受けず落選している。

選考委員の選評を見ても、「今日のアメリカ小説をたくみに模倣した作品もあったが、それが作者をかれ独自の創造に向けて訓練する、そのような方向づけにないのが、作者自身にも読み手にも無益な試みのように感じられた」（大江健三郎）、「村上春樹氏の『風の歌を聴け』は、二百枚余りの長いものだが、外国の翻訳小説の読み過ぎで書いたような、ハイカラなバタくさい作」（瀧井孝作）と、辛口の批評が続く。

もっとも瀧井孝作は、「しかし、異色のある作家のようで、私は長い眼で見たいと思った」と将来性を感じた旨を述べているし、「村上春樹さんの『風の歌を聴け』は、アメリカ小説の影響を受けながら自分の個性を示さうとしてゐます。もしこれが単なる模倣なら、文章の流れ方がこんなふうに淀みのない調子ではゆかないでせう。それに、作品の柄がわりあひ大きいやうに思ふ」（丸谷才一）というふうに才能を評価する批評も散見する。

村上春樹が選考委員にある程度評価されるのは、翌1980年上半期の候補作『1973年のピンボール』からであるが、彼のノミネートはそれが最後である（つまり選考委員は村上春樹に芥川賞を与えるチャンスを逃したわけだ……）。

この2作から「僕と鼠の物語」は始まり、『羊をめぐる冒険』（82年）以降の「村上春樹の世界」へとつながっていく。

以上3人を「佐藤泰志出現」以前の作家として位置づけるのは、わりと妥当ではないかと思う。これに『限りなく透明に近いブルー』（76年）と『コインロッカー・ベイビーズ』（80年）の**村上龍**

を加えれば（私には**高橋和巳**も**兵頭正俊**も重要だったが）、私的な「70〜80年代の文学地図」のアウトラインはほぼ出来上がりだ。

もっともこれは、佐藤泰志への影響という視点を全く欠いた概観にすぎない。

たとえば、大江健三郎の佐藤泰志への影響が見受けられるとすれば、初期の短編たちであるように思われる。

いずれにしても、おそらく古今東西の文学を、同時代の文学を読み尽くしていると思われる佐藤泰志に、どの作家が直接影響を与えたかというテーマについて、私は語ることができない。

▼立松和平

もうひとり、佐藤泰志と同時代の作家について語るべきだろう。**立松和平**である。1947年生まれの立松は、村上春樹（49年生まれ）、佐藤泰志（49年生まれ）と同じ、70年代後半に登場した作家だ。

私にとって立松は、佐藤泰志にのめり込む10年以上も前に、同じように傾倒した作家である。十数年前、「1979年」について記述したシリーズ中の「芥川賞候補作家たち」という文章で、私は次のように立松をまとめている。少し長いが、引用してみる。まるで、佐藤泰志について語っているようだ！

78年、立松和平は69年以降書きついできた（その間、職を転々とした末、宇都宮市役所に73年から勤務）小説を3つの短編集として次々に出版する。『途方にくれて』（5月）、『今も時だ』（8月）、『ブリキの北回帰線』（8月）の3冊である。12月、足尾銅山と思われる廃鉱の町に生きる若者を描いた『赤く照り輝く山』（『文學界』78年12月号）が芥川賞候補となる。12月、市役所を退職し、以後文筆活動に専念。

79年上半期、『赤く照り輝く山』の続編『閉じる家』が芥川賞候補になる。この2つの作品は合体され長編『閉じる家』として出版される（9月）。

下半期、『村雨』が芥川賞候補になる。この作品は、都市郊外のビニールハウスでトマト栽培に奮闘する青年を描いたもので、その後書きつがれて『遠雷』（80年、野間文芸新人賞受賞）となる。『遠雷』は、81年に映画化（ATG、根岸吉太郎監督）される。

この年はほかに、創作集『火の車』（2月）、『たまには休息も必要だ』（8月）と自身の学生運動体験が色濃くにじむ長編『光匂い満ちてよ』（9月）の刊行、さらには長編『歓喜の市』の序章発表（10月）がある。立松は、全速力で1979年を走り抜ける。

立松は3度芥川賞候補となるが、受賞には縁がなかった。受賞にもっとも接近したと思われる『村雨』の「選評」もあまり芳しくない。そもそも話題にしている委員が少ない。次のふたりなどは好意的な方なのではないか。

「みずからつくり出した風俗になれしたしむようになれば、その実力は認められて久しい書き手として、方向を新しくもとめるべきではないか？」（大江健三郎）

「『村雨』（立松和平）は、百枚あたりまで風俗をなぞっただけのものとしかおもえないが、そのあとの五十枚ほどは、エネルギーが詰まってきて、リアリズムの描写に良い意味でメリメリとヒビが入り、かなり面白かった。しかし、義務の読書でなくては、前半でやめていたろう」（吉行淳之介）

大江も吉行も、「風俗」という用語を使っている。未来の『遠雷』も、この『村雨』部分だけではなかなか真価を認めてもらえない。

ちょうど私は、78年出版の『途方にくれて』、『今も時だ』、『ブリキの北回帰線』を学生時代の終わりに、あるいはその余韻が残る時期に読んだ。そして、青春の挫折を描いたといえる『光匂い満ちてよ』を自分と重ね合わせるようにして読み、さらに『遠雷』誕生に立ち会った。『遠雷』は、立松が「ビニールハウスという大地」に生きていく主人公を造型することによって、やがて「遠雷四部作」へと発展していく記念碑的作品である。

たまたま私は79年を中心に立松和平の作品と出会ったのだが、それは私が自分の拠って立つ場所を模索していく過程と符合していた。これは、多くの若い世代（かなりの幅がある）の青春からの離陸の軌跡とも符合していたのではないか。だとすれば、「79年の立松和平」について語ることは、そのまま多くの人間の青春への訣別のドラマについて語ることになる。

立松は、自らの青春とその挫折を描き、つまり「けり」をつけ、変わりゆく時代の中で生きていく人間像を作り上げ、さらに自らのルーツである父母の生き様とその時代を描こうとした。まるで、自分の世代に課せられた宿題のように格闘し、同世代に向けて書き、あとに続く世代に向けて書いた。そう私には思われた。あとに続く世代とは、私たちのことだ。


（2007年）


そう、佐藤泰志が「きみの鳥はうたえる」を発表した前年、79年、私はすでに立松和平の中に「青春への訣別のドラマ」を見ていた。

誤解を恐れずに言えば、スタイルこそ違うが、中上健次も村上春樹も（出会ったのはずっと後だが）、私はそのように読んだのだ。

▼芥川賞落選組

それにしても、なんと豊穣な作品群が私たちの前にあったことだろう。

第一章（3『移動動物園』と『黄金の服』）で紹介した、79年から89年までのほぼ10年間の芥川賞落選作の中で私が注目した作家とその作品を再掲する（村上春樹や立松和平もその中にいる）。

立松和平「閉じる家」（79年第81回）、「村雨」（79年第82回）
村上春樹「風の歌を聴け」（79年第81回）、「１９７３年のピンボール」（80年第83回）
松浦理英子「乾く夏」（79年第82回）
田中康夫「なんとなく、クリスタル」（80年第84回）
島田雅彦「優しいサヨクのための嬉遊曲」（83年第89回、この作品を含めて6度ノミネート）
干刈あがた「ウホッホ探検隊」（83年第90回、この作品を含めて3度ノミネート）
桐山襲「スターバト・マーテル」（84年第91回）、「風のクロニクル」（84年第92回）
山田詠美「ベッドタイムアイズ」（85年第94回）、「ジェシーの背骨」（86年第95回）、「蝶々の纏足」（86年第96回）
多田尋子「白い部屋」（86年第96回）、「単身者たち」（88年第１００回、その後4度ノミネート）
吉本ばなな「うたかた」（88年第99回）、「サンクチュアリ」（88年第１００回）

この綺羅星のような作家たちや作品群の中で、佐藤泰志の作品はどのような位置を占めるのだろうか？

芥川賞候補となった「きみの鳥はうたえる」から「オーバー・フェンス」までの5本と、これらの注目すべき「落選作」を比べた時、佐藤作品もこれらの作品群に匹敵する輝きの片鱗を見せているのは確かだ。だが、頭抜けてはいないというのが、読者としての私の感想だ（もちろんそれは単なる嗜好にすぎないかもしれない）。

そして彼らの何人かは、その後自分の世界を築くことに成功し、何人かは（ここに紹介しなかったたくさんの作家たちも含めて）忘れられていった。

佐藤泰志も含めて、これらの作家たちがもし芥川賞を獲得していたら、大きな後押しとなってその世界の構築を助けることになったことだろう。

すぐれた作家（選考委員のことだ）がすぐれた才能を見出すとは限らないが、すぐれた編集者たちはこれらの才能を見出していたのだから。

▼もしリアルタイムで出会っていたら

さて、この章で私は「なぜ、佐藤泰志は忘れられたのか？」と「なぜ、佐藤泰志は復活したのか？」について考えようとしている。

「なぜ、佐藤泰志は忘れられたのか？」という問いに対してさまざまな答があることは承知しているが、ここでは、もしリアルタイムで私が佐藤作品と出会っていたらどう感じただろうか、という視点から考えてみる。

70〜80年代当時の私が文学に求めていたのは、強烈な新しさや強烈な時代性であったと思う。その点において、佐藤作品は他の（私が共鳴した）作品群に比べて、少し弱いと私は感じたのではないか。その弱点（に見えたもの）は、実は弱点ではなかったのだが。

要するに、佐藤泰志はセンセーショナルに迎えられたのではなかった。私がリアルタイムで出会っていても、新しさや時代性を感じ取ることはできなかっただろう。

ならば、新しさや時代性とは違う独自の世界、この時代の突出した作家たちのような世界を構築していたと、私は感じることができただろうか？　それも、まだ、弱いのだ。80年代の前半までは。

けれど佐藤泰志も、自らの世界を築きつつあった。『大きなハードル、小さなハードル』に収録されている連作「秀雄もの」、『そこのみにて光輝く』で達成されたかに見えた「情念」の世界、ひとつの街そのものを主人公とする連作『海炭市叙景』の世界……大江健三郎の〈村＝国家＝小宇宙〉、中上健次の〈紀州サーガ〉、村上春樹の「僕と鼠の物語」、立松和平の「遠雷四部作」の世界、それらのスケールに匹敵するかどうかはともかく、彼も自分の世界を紡ぎ続けていたのだ。

だが、90年、彼の自死によってそれらは未完のまま、半分だけ読者に示され（『海炭市叙景』は文字通り半分だった）、やがて彼は少しずつ忘れられていく。

それは、必然だった、のだろうか？

2　なぜ、佐藤泰志は再発見（再評価）されたのか？

なぜ、佐藤泰志は一度忘れられた後、再発見され、再評価されたのか？　ここまでの記述ですでにその答は出ていると思うのだが、改めて整理してみる。

前述したように、私が出会った93年（彼の死は90年だ）、彼の作品は『きみの鳥はうたえる』を除いて比較的容易に入手することができた。その後少しずつ忘れられていくとはいえ、彼の作品を支持する読者は明らかに存在し、彼を5度芥川賞候補へと送り出した編集者たちもまた、たしかに存在していた。

やがて彼の復活を後押しすることになる、底流ともいえるこの層の実像について、私は残念ながら記述することができない。私はただ、古書店での根強い人気と、文庫化を熱望する人々の存在を垣間見たことが何度かあるにすぎない。

私もまたその層の一部となっていた「底流」は、おそらく佐藤泰志作品について話す相手も機会もなく、ごく限られた仲間内で話題にすることしか出来ず、著作が本屋の店頭から消えたのちは、まだ自分が出会っていない作品を古書店や図書館で探していたのだろう。

しかし、この探す作業に多少の情熱を持っていたにせよ、日々忘れられていく現実の前でその情熱は次第に冷めていったに違いない。読むべき文学は次々に出現しただろうし、第一、佐藤泰志の新作は期待出来ないのだ。

こうして、心のどこかに「佐藤泰志の不在」という欠落感を残しながら、私たち（「底流」）は沈潜した。たまに話題にすることがあったとしても、「こういう作家がいたのだ（誰も知らないだろうが）」と必ず前置きして語り始めた。いつか佐藤泰志は復活するかもしれない、という淡い期待をどこかに抱きながら。

そして、彼の死から17年間水面下でくすぶり続けたこの期待が一気に噴き出したのが、２００７年の一巻本全集『佐藤泰志作品集』（クレイン）の出版であった。私はこれを「再デビュー」と表現したが、まさにドラマのような衝撃的な「再デビュー」だった。

▼普遍的な物語

この『佐藤泰志作品集』刊行後、著作は次々と文庫化され、佐藤泰志は新たな読者を獲得していく。その読者たちは、彼の文学をどのように受け止めたのだろうか。70～80年代の文学として位置づけられる（私はそのように位置づけてきた）佐藤泰志の文学をどのように受容したのだろうか。

ここで、私なりの仮説を提示してみる。

多くの読者は、過去にいくらかふれた経験を持つ読者も含めて、彼の文学を「普遍的な物語」として受け入れたのではないか。たとえば私が、同時代の作家たちに比べて「新しさ」や「時代性」

においていかにも弱いと感じていた部分は、逆に「普遍性」として評価されうるものだったのではないか。

『風の歌を聴け』（79年）から『1973年のピンボール』（80年）を経て『羊をめぐる冒険』（82年）に至る、村上春樹のスタイリッシュとさえ感じられる「新しさ」。

『今も時だ』（78年）から『光匂い満ちてよ』（79年）へと続く政治青年たちの昂揚と挫折の物語。そして、都市郊外の団地とトマト・ビニールハウスに象徴される時代の転換期をとらえた『遠雷』（80年）から始まる四部作。そこに刻印された、まぎれもない「時代性」。

さらに、中上健次の「路地」を舞台とする父と子の「神話的世界」。『岬』（76年）から『枯木灘』（77年）を経て『地の果て、至上の時』（83年）に向かう、揺るぎのない「骨太さ」。

「新しさ」や「時代性」も乏しく、けっして「骨太の物語」を構築するわけではない佐藤泰志の作品たちは、もし村上春樹や立松和平や中上健次の作品と同時に出会ったとしたら、その「線の細さ」や「弱さ」ゆえに印象が薄いと感じてしまうだろう。

しかし、年月とともに、その「線の細さ」や「弱さ」ゆえに読者にある種の親和性を感じさせたのではないか。それは、自らの心象や行動と何やら似通っていると読者が感じてしまう親密さと言っていい。

「70～80年代という時代性」や「佐藤泰志的世界」という視点から語られることはやむをえないと

しても、ひとりの読者から見たら、そこにあるのは共感し感情移入することができるひとつひとつの物語なのだ。

その後の映画化の過程の中でも、若い脚本家や監督たちによって、いくつかのシーンが「時代」を超えて（突き抜けて）発見され受容され再構成（設定を変更し翻案することも含めて）されていく。それは、彼の作品の「普遍性」が若い映画人たちに素直に受け入れられたということなのではないか。しかも彼らは、より佐藤泰志らしい世界を再構築している。『そこのみにて光輝く』に描かれた達夫と千夏の出会い、『海炭市叙景』に描かれた名もなき人たちの運命、『オーバー・フェンス』に描かれたどうしようもない場所からの脱出、『きみの鳥はうたえる』に描かれた人と人との距離感。これらは皆、読者が共感し感情移入できる「普遍性」を有していたし、若い映画人たちはそれに敏感に反応した。

そして、時には静かに、時には決然として語られる未来へ向けた決意……私がここまで記述してきたこの「未来へ向けた決意」は、いかにも「佐藤泰志的」ではあるけれど、実は多くの読者がそれまでの人生の中で経験した出来事だったのであり、若い読者であればその後の人生で経験するはずの（あるいはその予感に満ちている）ものなのだ。

なぜ、佐藤泰志は再発見され、再評価されたのか？　そして、なぜ若い映画人たちによってその世界は再構築されたのか？

大上段に構えてはみたが、結局、その文学の「普遍性」ゆえであるという、最もシンプルな結論に至った。この、とりあえずの結語で、佐藤泰志についての記述を終えようと考えているが、ひとつだけ、ここでは展開できなかった要素というか視点がある。

＊

以前、私の友人が「佐藤泰志作品はATGの映画のようだ」という感想を述べたことがあった。彼の小説が再発見される、つまりクレインの『作品集』が出版されるずっと以前のことだ。その時は、そのような受け取り方もあるのか、くらいにしか思わなかったが、佐藤作品の映画化の過程を観客として経験してみると、なるほど「佐藤泰志はATGだ」という気もしてきた。

ATGとは、1960年代、芸術的な評価を得ることを目指した映画を上映・製作しようと設立された「日本アートシアター・ギルド」の略称である。私たちの世代にとっての「ATG映画」は、初期の実験的な作品群とは趣を異にする、たとえば次のような作品たちだ。

『祭りの準備』（75年、黒木和雄監督・中島丈博脚本）、『青春の殺人者』（76年、長谷川和彦監督・中上健次原作）、『サード』（78年、東陽一監督・寺山修司脚本）、『もう頬づえはつかない』（79年、東陽一監督・見延典子原作）、『遠雷』（81年、根岸吉太郎監督・立松和平原作）、『風の歌を聴け』（81年、大森一樹監督・村上春樹原作）。

いま、これらの映画の内容や印象を思い出してみると、たしかに、佐藤泰志の文学と相通ずるものがある。私たちが佐藤文学と出会った時に感じた既視感のようなものは、ＡＴＧ映画の記憶だったのだと言えなくもない。

そして、これらの作品が描いている「青春」や「青春の終わり」の物語を、もっと丁寧にもっと細やかに、登場人物に寄り添うように記述し紡ぎ上げたのが、佐藤泰志の作品なのだと、今思う。

佐藤作品の「線の細さ」や「弱さ」は、それゆえに現在の読者（あるいは原作映画の観客）に支持され続ける。

これを「とりあえずの結語」として、ひとまず筆をおく。

エピローグ

２０１９年1月、「佐藤泰志体験」を書き始めようと決意していた私は、函館駅から市電に乗って、西部地区を目指した。函館観光のスタート地点「十字街」で下車し、まるで地元の人のように行き慣れた蕎麦屋で食事をとり、喫茶で珈琲を飲んだ。そして、最初の目的地である「函館市文学館」へ向かった。佐藤泰志への旅は、ここから始めなければならなかった。

１９９６年にも、私は旅の途中函館に立ち寄り「函館市文学館」を目指した。函館は私にとって特別な街であった。現実に23歳から28歳まで、青森県の北端の町から函館山を臨んで暮らしフェリーボート１００分で往き来していたというだけでなく、訪れる時には架空の街に入っていくように、つまり物語の登場人物となってその街を歩くことができる、そんな街だった。

その時も、私は市電「函館どつく」行きに乗り、「十字街」を過ぎて、「末広町」で下車、少し戻ってそこにたどり着いた。

入口から受付を通ってそのまま奥へ行くと、久生十蘭、今東光、今日出海など函館ゆかりの作家たちのコーナーがあり、２階は石川啄木である。

訪問は2度目であった。１度目はすべてのコーナーを欲張ってしまったが、この時はまっすぐに、亀井勝一郎とともに井上光晴が展示されている1階奥の展示室を目指した。

さて、その展示室を出るとすぐ右側の壁一杯に、『叙景』と題された厚塗りの絵が飾られている。広島出身のアーティスト高専寺赫の作になるこの作品は、函館出身の作家佐藤泰志の遺作『海炭市叙景』（1991年出版）の表紙原画である。この場所が、私にとっての〈佐藤泰志巡礼〉の出発点だった。


1996年の文学館訪問の時、私はすでに彼の主要作品を読んでいた。だが、この場所に来なければ、佐藤泰志という作家がかつて実在しそれなりの評価を受けていたということを、実感することは難しかった。

ひとり彼の作品を読み続け、たとえば友人にその小説について語ろうとしても、まるで架空の作家について私が話していると思われるのでは、と躊躇することもあったのだ。

だからこそ、ここは特別な場所だった。佐藤泰志が実在の作家だということが、当たり前の場所。


その後も何度か訪れたが、2019年1月は、おそらく十数年ぶりの訪問だった。

この十数年の間に佐藤泰志は劇的に「再発見」され、再評価され、いくつかの作品は映画化されて、函館でのロケーションも含めて話題となった。

ひさしぶりに、じっくりと佐藤泰志関係の展示を確かめた。

年譜や何冊かの単行本、直筆原稿、同人誌、愛用品とこれもまた愛用の『広辞苑』。おそらく昔のままだ。しかし、遺作『海炭市叙景』の創作ノートとそのノートに貼り付けられた架空の「海炭市」の地図が見当たらない。

新たに加わっているのは、「再発見」の契機となった『佐藤泰志作品集』と文庫化されたもの（『作品集』以後に刊行されたものは館内で販売されているが）、そして原作映画関連資料（『そこのみにて光輝く』）。

時代とともに、展示内容は変遷していく。

続いて、『海炭市叙景』の表紙原画の前に立った。ああ、やはりここがスタート地点になるのだ、と思った。

次の日、奇跡的に晴れ間が見えた午前中、思い立って大森浜を目指して歩いた。佐藤泰志の傑作『そこのみにて光輝く』の舞台となった場所だ。

石川啄木像のある啄木小公園をとりあえずの目標とし、作品の叙述を思い起こしながら2時間歩き続けた。砂鉄の混じった砂浜や防波堤や遠くに見える函館山の姿を確認し、ひたすら歩いた。

その日の夜は、佐藤泰志原作映画製作の拠点である函館市民映画館「シネマアイリス」を訪れた。何度か訪れた場所だが、これからもしばしば訪ねるはずだ。そう思っていた。

しかし、コロナ禍の中、その後私は函館を訪れることができなくなっていた。本書の執筆と並行して現地を訪れて確認するはずだったいくつかの場所へも、「シネマアイリス」へも、行けないまま時間は過ぎていった。焦燥感だけが募る日々、私の執筆も停滞していった。

そんな日々が続いていた２０２1年4月、うれしいニュースが届いた。「佐藤泰志原作映画第五弾」の撮影が函館で行なわれ、今秋公開を予定しているというのだ。

「シネマアイリス25周年記念作品」として製作された第五弾は『**草の響き**』。１９７9年に発表され、「第四弾」の『きみの鳥はうたえる』の原作とともに単行本（文庫）に収録された短編が原作である。『きみの鳥はうたえる』と同じように、物語の舞台を東京から函館に移している。この翻案に、もう違和感はない。

監督は斎藤久志。主演を務める東出昌大が函館の街を走り続けるシーンを想像するだけで、気力が湧いてくるというものだ。

この映画の公開までには、なんとか執筆を終えたい。そう思って、原稿を書き続けた。

佐藤泰志をめぐる物語は、まだまだ続いていたのだ。

〈付録〉現在入手できる佐藤泰志関連書籍等

○小説・作品集

『佐藤泰志作品集』（クレイン）本文参照（p.100）

『海炭市叙景』（小学館文庫）

『そこのみにて光輝く』（河出文庫）

『きみの鳥はうたえる』（河出文庫）　収録作「きみの鳥はうたえる」「草の響き」

『黄金の服』（小学館文庫）　収録作「オーバー・フェンス」「撃つ夏」「黄金の服」

『大きなハードルと小さなハードル』（河出文庫）　収録作「美しい夏」「野栗鼠」「大きなハードルと小さなハードル」「納屋のように広い心」「裸者の夏」「鬼ガ島」「夜、鳥たちが啼く」

『移動動物園』（小学館文庫）　収録作「移動動物園」「空の青み」「水晶の腕」

福間健二編**『もうひとつの朝　佐藤泰志初期作品集』**（河出書房新社）　収録作「市街戦のジャズメン」「奢りの夏」「兎」「犬」「遠き避暑地」「朝の微笑」「深い夜から」「光の樹」「もうひとつの朝」「ディトリッヒの夜」

『鳩』（河出書房新社）　電子版のみ

○批評・評伝

福間健二監修**『佐藤泰志　生の輝きを求めつづけた作家』**（河出書房新社）

福間健二**『佐藤泰志　そこに彼はいた』**（河出書房新社）

○原作映画 DVD・ブルーレイ

『海炭市叙景　Blu-ray（通常版）』

『そこのみにて光輝く　豪華版 Blu-ray』

『オーバー・フェンス　豪華版 [Blu-ray]』

『佐藤泰志 函館三部作　Blu-ray BOX』収録作『海炭市叙景』『そこのみにて光輝く』『オーバー・フェンス』『書くことの重さ　作家 佐藤泰志』（DVD）

『きみの鳥はうたえる　特別版[Blu-ray]』

[著者紹介]

成田清文（なりた・きよふみ）

1955年7月5日生まれ。青森県立弘前高等学校卒、弘前大学人文学部文学科卒。県立高校教諭を37年勤め退職、現在、弘前高等学校・柴田学園大学短期大学部・青森大学で非常勤講師を勤める。

教員としての活動と並行して、個人通信の発信（『越境するサル』）とNPO団体での映画自主上映（「harappa映画館」）を続けている。

装丁………山田英春
DTP制作………勝澤節子
編集協力………田中はるか

佐藤泰志をさがして

「幻の作家」はいかにして復活したか？

発行日❖2021年7月31日　初版第1刷

著者
成田清文

発行者
杉山尚次

発行所
株式会社言視舎
東京都千代田区富士見2-2-2 〒102-0071
電話 03-3234-5997　FAX 03-3234-5957
https://www.s-pn.jp/

印刷・製本
モリモト印刷㈱

ISBN978-4-86565-206-2 C0095